不器用な恋情

椎崎夕

幻冬舎ルチル文庫

CONTENTS ✦目次✦

不器用な恋情

✦カバーデザイン＝齊藤陽子（CoCo.Design）
✦ブックデザイン＝まるか工房

イラスト・高星麻子✦

不器用な恋情

1

レストルームの帰りに覗《のぞ》いた厨房の作業台の上では、最後に出すデザートプレートの盛りつけをしているところだった。

一見狭い厨房の間取りは、ここ洋食屋「はる」一号店の初代店長であり現在は社長である人物が決めたものだそうだ。取っ手の位置や棚の高さといった細かい部分はもちろん設備配置も計算されているためとても動きやすいのだと、転職後間もない頃に現店長やメインシェフから聞いた覚えがある。

中堅企業で営業職として数年働いた後にこの店に正社員として転職した友部《ともべ》一基《かずき》は、当初からフロアで働いているため厨房にはほとんど入ったことがない。ついでに料理はからっきしなため、そう言われても「なるほどそうなのか」と頭で納得するのがせいぜいだ。

……それはそれとして、店ごと貸し切りの本日、フル稼働中の厨房にいるのが助っ人のシェフ一名のみ、というのはどうなのか。

つい眉間《みけん》に皺《しわ》を寄せた一基の気配を感じてか、デザートプレートに向かっていた本日限定の助っ人シェフ――信川《しながわ》がふいに顔を上げた。カウンター越しに一基を認め、不思議そうに首を傾《かし》げている。

「友部さん？　何か問題でもありましたか？」

「あ、いや。その、……さっきから店長もハルカもフロアに出っ放しなんで、厨房はどうなってるのかと」

切れ長の目に真正面から見据えられて、思わず本音がダダ漏《も》れになった。その様子にわずかに目を瞠《みは》った信川は、ややあって端整で柔らかい顔に苦笑を浮かべる。

「フロアの方が手が足りなそうだから、そっちに行ってもらったんですよ。あいにく僕はここでしか役に立ちそうにないですしね」

「はあ」

さもありなん、と思いはする。何しろ信川は本来「はる」二号店のメインシェフだ。そして、ここ一号店は社長の意向により、二号店以下とは少々スタッフの動きやシステムが違っている。

だからこそ、助っ人に厨房を丸投げしていいものかという疑問も浮かぶのだが。

「ところで友部さんはどうしてそこに？」

「それがその、……職場でお客さんに混じって飲み食いするのにどうにも違和感が」

「友部さんは今日半日勤務で、仕事はもう終わってますよね。ご友人の結婚披露パーティーの出席者としてここにいるんですよね？」

信川の柔和な笑みにやんわりと釘《くぎ》を刺されて、一基は小さく首を竦《すく》めた。

「……了解です。席に戻ります」

「その方がよさそうですよ。ちょうどお迎えが来たみたいです」

「は？」

信川の視線を追って振り返る前に、がしりと肩を摑《つか》まれた。強い力で反転させられ、背中を押されて強引にフロアへと連れ出される。最後に見た信川の顔に浮かんでいた楽しげな笑みが、やけに鮮明に記憶に残った。

「……どうして一基さんがあんなとこにいるんですか」

「え、あれ？　ハルカか？　何でおまえ」

「何でって言いたいのはこっちです。招待客が厨房の前うろうろしないでくださいよ」

呆《あき》れ声で一基の背中を押しているのは、ここ一号店のメインシェフであり一基の同僚でもあるハルカこと長谷遥《はせよう》だ。先ほどの信川に負けず劣らずの、けれど趣《おもむき》がまるで違う華やかな容貌《ようぼう》をわずかに歪《ゆが》めて見下ろしてきた。

「いやだって、さっきからおまえも神《じん》もフロア出ずっぱりじゃねえか。信川さんひとりに厨房任せっきりだし、どうなってんのかなって」

厨房に加勢していた社長が所用で外したのが三十分前で、なのに誰も手伝いに行かないのが気にかかったのだ。

「盛りつけより片づけに手が必要だから、厨房を任せてフロアに出てるんです。一基さんだったらわかりますよね？」

「う」

改めてフロアを見れば、信川と同じく本日限定の助っ人スタッフとして入った北原《きたはら》がにこやかにメインの皿を下げていっている。サーバーには神野《じんの》がついており、コーヒーのいい香りが漂ってきていた。

「コーヒーが入ってすぐデザートを出そうと思ったら、神さんと北原だけだと回らないんです。だから俺が出てるんですよ」

「あー、だったらおれもちょっと手伝……」

「却下します。今日の一基さんはスタッフじゃないんで」

「珍しいことだがハルカが言う通りだ。無用にふらふらせずにおとなしく座ってろ」

横合いから口を挟んだのは、今の今までコーヒーサーバーの傍《そば》にいたはずの神野だ。いつのまに近寄っていたのか、通りすがりにぽそりと言い、トレードマークの眼鏡《めがね》を軽く押し上げながら離れていく。

「ちょ、珍しいってどういう意味ですかっ」

むっとしたように言って、長谷は神野を追っていく。声が大きければ咎《とが》めるところだが、そのあたりは心得ているらしく聞こえたのは一基だけだったようだ。なのでおとなしく席について、同僚スタッフたちが仕事に戻るのを眺めていた。

幸いなことに料理は気に入られたらしく、目につく皿はほぼ完食済みだ。それぞれテーブルでグラスを手にして、あるいは料理を口にしながら和やかに――賑《にぎ》やかに談笑している。主役の新郎新婦は少し離れた女性だけのテーブルにいたが、どうやら新婦友人一同から新郎が質問攻めに遭っている様相だ。

ちなみにその新郎は一基にとって前職場での後輩にあたる。パーティーが始まって間もない頃に、新婦と連れだって席まで挨拶《あいさつ》に来てくれた。

（いい店ですねえ！　料理は美味《うま》いし雰囲気もいいし。紹介してくださってありがとうございます。今度は友部先輩が勤務してる時に来させてくださいね）

満面の笑みでそう言った彼らの正式な結婚式と披露宴は、二週間前にすでに終わっている。今回の集まりは、そちらへの招待は辞退したけれど祝福はしたいという面々が寄り集まって提案した会費制のパーティーなのだ。

幹事からの雰囲気がよく美味《おい》しい料理を出す店はないかとの問いに声を上げたのは一基自身だが、その時点では当日もスタッフとして入る気満々だったのだ。少数精鋭と言えば聞こえはいいが、ギリギリの人数でローテーションを組んでいる一号店のスタッフは足りてはいても余りはない。とはいえ貸し切りであれば事前準備も可能だし、どうしても回らない時には社長に助力を頼むこともできる。そう考えて話を上げたら、当の社長から返り討ちに遭った。

（友達の祝いなら出席せい。人手ならどうにでもなる）

その結果、本日の一基の勤務はランチタイムのみとなったのだ。午前からやってきたフロア助っ人の北原をその際に指導して、夕方からのディナータイムに行われているパーティーには出席者としてここに座ることになった。厨房助っ人の信川も、ランチタイム中に打ち合わせや手順を聞いていたはずだ。

「なああ友部さあ、ここの女の子、どっちもすげえ可愛いんだけど、年いくつ？　……恋人とかいんの？」

一基と同じく一時席を外していた隣の席の元同僚が、厳《いか》つい顔に生真面目《きまじめ》な表情を浮かべ、声まで奇妙に潜めて言う。

一次会は食事でアルコールは二次会という取り決めのもと、ここでは乾杯のビールが出たきりだ。なのでほぼ素面《しらふ》のはずだが、笑顔でフロアを歩くお仕着せの女の子たちを目で追う元同僚の顔は微妙に赤い。

「……確かに可愛いが、オカッパの方は年単位でつきあってる相手がいるぞ。団子の方は、あいにく年も恋人の有無も知らねえな」

「オカッパじゃなくてショートボブだろ。ついでに団子じゃなくてシニヨンだって」

「似たようなもんだろ」

「一緒にすんなって。聞かれたら気を悪くするぞ。女の子ってそういうとこ細かいしさ」

妙に焦った顔をした元同僚に言われて、一基は胡乱《うろん》に目を細める。

「んなの考えすぎだろ。まんま言ったけど、どっちも笑ってたぞ」

「言ったのかよ……さすが友部っつーか。って、んじゃボブの子は恋人持ちで、シニヨンの子はフリーでいいのか？」

期待に満ちた顔で、元同僚は「シニヨンの子」――北原を見る。三つ編みにした髪を後頭部の高い位置で束ねて丸めるという、一基から見れば「団子」としか言いようのない髪型をした彼女は、本来ここ一号店ではなく四号店のフロアスタッフだ。

ちなみに肩すれすれでやや前下がりになったストレートのオカッパ髪は、年単位で一号店のディナータイムアルバイトをしていた絢子《あやこ》だ。この春に大学を卒業すると同時に社長の声がかりで「はる」に就職し、当然のように一号店のフロアスタッフとなった。

「フリーだとは言ってねえだろ。つーか、知りたきゃ明日以降、四号店に行って直接訊け」

上目遣いでの懇願など、同い年の野郎にされても気色悪いだけだ。一基の即答に悲愴な顔をした元同僚は、けれど怪訝《けげん》そうに首を傾げる。

「ここ一号店じゃなかったっけ」

「シニヨンの子は今日限りの助っ人。おれも顔は知ってるがあんまり話したことねえし」

「えー。じゃあ紹介だけでもっ」

「顔見知り程度の女の子にいきなり男なんか紹介できるか。諦《あきら》めきれないんだったら腹括《くく》って自力でやれ」

一号店にスタッフとして入るのは今日が初めてだという北原の印象は、「ほんわりした笑顔が似合うおっとりしたお嬢さん」だ。それをいい意味で裏切って、ランチタイム後半には的確に他スタッフと連携していたあたり、社長が助っ人として呼ぶわけだと納得した。

けれど彼女はいちスタッフであって、一号店のフロア責任者になる一基の方が立場は上だ。それなりに気心の知れた間柄ならともかく、一日限定の職場の上司から唐突に見ず知らずの男を紹介されたところでパワハラにしかなるまい。

少しは考えろよと呆れたあとで、つい先ほど自分自身が信川の仕事を邪魔したあげく断りすら言い損ねたことに気がついた。

二次会に行く前にきちんと詫《わ》びを入れておかなければと内心で心得た一基をじっと眺めて、元同僚は複雑そうな顔になる。

「自力で行けったってハードル高すぎだろ。おまえ、よくこんなとこで働けるよな」

「こんなとこって何だ。喧嘩《けんか》売ってやがるのか？」

「いや店がどうこうじゃなく！　眼鏡の店長もシェフの格好したヤツもやたらレベル高すぎるだろっ？　向こうのテーブルなんか、厨房に王子さまがいたって盛り上がってたぞ」

ため息をつく元同僚の視線の先ではデザートプレートを運ぶ長谷が盛装した女の子たちに埋もれて、どうやら写真をねだられている風情《ふぜい》だ。少し離れたテーブルにコーヒーを運んだ神野もまた、複数の女性から声をかけられている。

それもこれも、パーティーが始まって間もない頃からたびたび目にした光景だ。ついでに言えば、一号店では日常でもあった。

「店長は十年来の友達だし、シェフはあれで中身可愛いぞ。厨房の王子さまは助っ人なんで、中身はよく知らないけどな」

「親友……はいいけどあのシェフ、可愛いか？　近寄りがたいってえか、モデルでもやってそうなおキレイな顔だろ」

「見た目がどうでも仕事には関係ねえだろ。つーか、あいつは中身が可愛いからいいんだよ」

するっと言ったあとで「まずかったか」と思ったが、あえて訂正はしながった。

実を言えば、長谷と一基は二年越しの恋人同士なのだ。とはいえ男同士という関係上、ところ構わず披瀝《ひれき》する気はない。ついでに長谷については中身ありきで気に入っているため、一基にとって見た目は「ついで」でしかない。

「アレが可愛いのか。友部って、…やっぱり友部だよなあ」

一基を見返す元同僚は微妙な半笑いを浮かべている。さすがに少々引っかかって、一基はじろりと視線をきつくする。

「おい、こら。そりゃどういう意味なんだ、あ？」

「正直な感想。……って、そういやおまえ、結婚とかどうすんの。彼女とかいんの？」

「……おれが女の子から敬遠されんの、おまえよく知ってるだろうが」

コンマ一秒の間合いで即答しながら、ついでのように渋面になっていた。

中学時代に同級生女子から「怖い」と言われたのを皮切りに、共学だった高校大学を経てアラサーまで女の子とは無縁のまま突っ走ってきているのだ。目つきの悪さが原因と自覚していても古傷を抉《えぐ》られるのが楽しいはずはなく、一基はじろりと同僚を睨《にら》む。

「いや、そろそろオレらも落ち着いていい頃だろ？　去年からこっち、周りが次々結婚しちまってほとんど独身残ってないんだよ。つーか、敬遠てまだ自覚してないのか。友部がいいって言ってた子、結構いたはずだぞ？」

「……はあ？」

「本当だから。おまえが気づいてなかっただけ。ですよねえ？」

露骨に胡乱な顔をした一基にげんなりした顔をすると、元同僚はわざわざ逆隣にいた元先輩を見た。つい先ほど席に戻って一基たちの会話を聞いていた元先輩は、楽しそうな顔で頷《うなず》いてみせる。

「あー、けど仕方ないんじゃないか？　友部、もっと強烈なのにアタックされてたしさ」

「それってアレですよね。例の跡取り坊主」

「そうそう。通常業務だけでも忙しいのに面倒な子守りまで押しつけられてたろ。あれじゃあ正面から告白されてもつきあう暇なんかないよな」

同情混じりの目線を向けられて、何とも言えない気分になった。その様子を気の毒そうに眺めて、元同僚は言う。

「確かにあの頃の友部って子守りでしたよねえ。……ところで聞きました？　その子守り役、順調に代替わりしてるみたいですよ」

「聞いた。最長記録は友部のままだってね」

「……まじですか。おれが辞めたのって二年以上前ですよ」

一基が前職を辞めた原因は、当時入社して半年未満だった社長令息だ。営業に放り込まれた彼の教育係を命じられ、さんざんに手を焼かされたあげく大事な契約先まで失った。後始末という名の尻拭《しりぬぐ》いを押しつけられ、うんざりして辞表を出したというのが顛末《てんまつ》だ。

後任がつくのは予想していたが、二年経《た》っても子守りつきなのか。当時を思えばさもありなんではあるが、代々の子守り役は心底気の毒だ。ソレが未《いま》だに次期社長なのだとしたら、あの時辞めたのは正解だったのだとつくづく実感する。

元同僚の肩越しに目が合った元先輩に「やばいですね」と口走ったら、「まあもう他人事《ひとごと》だし？」と満面の笑みで返された。

「つまり友部はまだ彼女なしなんだよな？　じゃあさ、いい子紹介してやるよ」

「いい。遠慮する」

元同僚の妙に嬉《うれ》しげな提案に厭《いや》な予感を覚えて、反射的に即答した。とたん、彼は何だか焦ったように言う。

「何で。会うくらいいいだろ？　オレらの年代になると出会いって貴重なんだぞう」

「だったらおまえに譲ってやる。せいぜい頑張りな」

呆れ混じりに言った、そのタイミングで横合いからデザートプレートが出てきた。おやと思い顔を上げると、いつの間にか長谷がすぐ傍に立っている。一基の前にプレートを置きながら、物言いたげな顔をした。

「いいから仕事しろ」と目だけでどやしつけた。十分伝わったらしく、ほんのわずか眉を下げて恋人は仕事に戻っていく。

去っていく後ろ姿に、ないはずの尻尾《しっぽ》がだらんと垂れているのが見えた気がした。


披露パーティーの二次会場は、「はる」一号店からほど近い居酒屋だった。

一次会のアルコールが控えめだった反動か、移動して三時間も経つとテーブルに突っ伏して酔い潰れる者が続出した。それをしおにお開きとしたあとは、タクシーで帰る面々と三次会へ流れるメンバーそれぞれで別行動になる。

一基自身はと言えば、明日も仕事だからと三次会はパスした。最後の仕事として、二次会でも隣の席でごねていた元同僚をタクシーの後部座席に詰め込んでやる。

「また連絡するからなあ。可愛い子だから会うの楽しみにしてろよー」

「可愛い子ならおまえがつきあえば。つーかおまえ、おれをダシにしてねえだろうな？」

思いつきで言っただけだったのが、どうやら図星だったようだ。手足を突っ張って抵抗をしていた元同僚は、真っ赤な顔にぎくりとした表情を浮かべて「いやその」だの「お互いさま」だのともごもご言い訳をする。

「……絶対会わねえから連絡してくんな」

「えー何でだよーちょっと会うくらいいいだろー」

喚《わめ》く元同僚に、元営業職で培《つちか》い現職で磨いた仕事用の笑みを向けたまま、はみ出していた脚を後部座席に押し込む。名残《なごり》惜しげな顔がガラス窓に張り付くのを、ひらひらと手を振って見送ってやった。

居酒屋は「はる」一号店からほど近く、じき通勤路に合流する。勝手知ったるその道を、酔い醒《ざ》ましを兼ねて歩いた。時刻が時刻だけに飲み帰りらしい人影がたまに目につく程度で人通りはごく少なく、少し先にあるコンビニエンスストアの煌々《こうこう》とした明かりが目立つ。

眠気醒ましにコーヒーでも買うかと思った時、脇《わき》の駐車場奥に並ぶ自動販売機の横、ガラス張りの店舗に凭《もた》れるようにして長身の影が立っているのが目に入った。

やや遠目になる俯《うつむ》き加減のシルエットは、よく知っている。影が落ちていてもすぐにわかる、整ったきれいな横顔は間違えようがなく――。

「ハルカ？　何で今頃こんなとこにいるんだよ、おまえ」

「……一基さんを待ってたんですよ。夜道にひとりは危ないですから」

拗《す》ねたような顔で言って、長谷は凭れていた背中をゆっくりと起こす。

むっつりしていても「きれい」だと思うのは、断じて惚《ほ》れた弱みではない、はずだ。本人曰《いわ》く量販品のシャツとジーンズがブランド物かと思うほど映えるのは、手足の長さと全身のバランスのよさと華やかな容貌に依《よ》るものに違いない。

実際のところ長谷という男は、何を着て何をしていても——小学生のような理屈で拗ねていても、やはりきれいで格好いいわけだ。

ところで一基自身はと言えば、身長体格顔立ちすべてがごく平均的だ。特徴と言えば目つきの悪さのせいで人から怖がられることくらいだから、真夜中に少々出歩いたところで何かがあるはずがない。

「待つならメールくらいしろよ。あと、どっちかってえとおれよりおまえの方が危ないんじゃねえの」

「メールしたら絶対帰れって返すじゃないですか。それに何ですか、俺の方が危ないって」

「おまえ美人だろ。おれは十人並み。つーか目つきが悪すぎて誰も寄ってこねえって」

即答した一基に、長谷は端整な顔を歪める。それへ、首を竦めて笑ってみせた。

「で、いつから待ってた？　たまの早上がりくらい、うちでゆっくり休めばいいだろうに」

ランチタイムを通常より早く切り上げての貸し切りパーティーだったため、スタッフに通常の休憩を取る暇はなかった。その代わり、本日の閉店はパーティー終了と同時になって、後片づけがすみ次第仕事上がりになる。

長く見積もったとしても、二十一時には片づけを終えたはずなのだ。それで今ここにいるということは、二時間以上どこかで時間を潰したか、いったん帰宅してからわざわざ出てきたかのどちらかだ。付け加えれば、長谷の住まいと一基の自宅は「はる」一号店を起点とするとまったくの別方向になる。

「……一基さんが足りないので、補充に来たんです。俺の必需品なんですから、待ち伏せるくらいいいじゃないですか」

「足りないって、ランチタイムはふつうに仕事してただろうが。つーか、恥ずかしいことを堂々と言うな。ついでに人を日用品扱いすんじゃねえ。——顔見て満足したんだったら、とっとと帰って寝な」

しかつめらしい顔で言ってみたら、長谷はわかりやすく不満げな表情になった。素直すぎる反応に喉《のど》の奥で笑って、一基は年下の恋人を見上げる。

「嘘《うそ》だよ。もう遅いし、今夜はうち泊まっていきゃいい」

「……定休日は明後日ですよ。前日以外は原則泊まり禁止って、前に言ってませんでしたっけ」

「今日は例外で許す。帰ったら茶でも淹《い》れてやるから、飲んでとっとと寝ちまいな。一日分くらいの着替えならウチにあるだろ」

「疲れてるのは、一基さんも同じじゃないですか」

窺《うかが》うように言うくせ、長谷の顔は嬉しそうだ。この男のこういうところが可愛いんだと、最近つくづく実感するようになった。

「おれのはただの遊び疲れ。いつもと違う仕事したヤツとは違うだろ。どうせ帰って寝るだけだしな」

「寝るだけ、ですか」

「当たり前だろ。明日仕事だろうが」

見る間にしゅんとした長谷は、どうやら少々不届きな――もとい、恋人同士らしい思惑《おもわく》があったらしい。

正直すぎるのもある意味考えものだと実感しつつ、肩を並べて歩き出す。路地を曲がって人通りがなくなると、待ちかねたように長い指が一基の手に絡《から》んできた。

「ところで社長、結局あのあとも抜けたきりか？」

「片づけ中に戻ってきて厨房を手伝ってくれましたよ。抜き打ちでいなくなるのは、まあよくあることですから」

「あー……前にもあったアレか」

あの社長が予告なしにいきなり無茶ぶりしてくるのは今に始まったことではないが、孫の神野に言わせるとそれもスタッフ教育の一環なのだそうだ。ついでに言えば、いつでもどこでも誰にでもやるわけではなく、時と場所と相手は厳選している、らしい。

意図するところはわからないではないが、できればもう少し穏便なやり方を取ってもらえないものか。かつて、開催予定日を十日後に定めた試食会の采配《さいはい》を放り投げられた身としては、少々ため息を禁じ得ない。

「今回はかなりおとなしい方ですよ。別店舗の知り合いなんか、暴れ馬みたいだって言ってましたしね。全力で振り落とされそうになったって」

「『はる』のことだからなあ……妥協できないのはわかるんだが」

亡き妻と一代で成した「はる」は、社長にとって形見に近いのだろう。現在一号店店長をしている神野に対してもいっさいの身内扱いはなく、むしろ同情の声が上がるほど厳しかったと他店舗のスタッフから聞いたことがあった。

「そのくせ手が足りない時は率先して裏方やってくれるんだよな。昨日の下準備とか、ほとんど社長が引き受けてくれたんだろ？　おまけに助っ人まで呼んでくれてさ」

一基を当たり前に出勤させれば、それですんだはずなのだ。強引に休みを取らせて出席者にするあたりが気遣いなのだと思うし、実際のところそうでなければあの面々とゆっくり話す時間は取れなかった。

「それにしても北原さん、大したもんだったなー。信川さんもよくやってくれたし」

しみじみ言ったとたんに、繋《つな》いでいた手を強く握られる。目をやると、隣の長谷が妙にむっとした顔でこちらを見下ろしていた。

「俺も、慣れないフロアで頑張ったんですけど？」

「おまえは一号店長いだろ。一日限りの助っ人と張り合ってどうすんだよ」

速攻で言い返したら、今度はきれいな顔を顰《しか》めてじいっと見下ろしてきた。

文句でもあるのかと真正面から見返すと、長谷は小さく息を吐く。ふいと前を向き、一基の手を摑んだまま再び歩き出した。

プライベートならともかく、仕事絡みでこういう拗ね方をするのは珍しい。摑まれていた手をこちらからぐいと引くと、長谷は歩みこそ止めないものの渋々のように目を向けてきた。

「どうしたよ。何が気になるんだ？」

「――……」

「黙秘は却下する。ひとりでうだうだする前に全部吐け」

視線をきつくしたついでに足を止め、強引に長谷も立ち止まらせる。一基の目を避けるように微妙に視線を逸《そ》らしたままで、長谷はぼそりと言った。

「一基さん、二次会に行く前に信川さんに声をかけてましたよね。何話してたんです？」

「謝ったんだよ。パーティーの真っ最中に声かけて仕事の邪魔したんだから、そのくらい当たり前だろ」

「ちょっと声をかけただけでしょう。邪魔ってほどじゃないと思いますけど」

「勤務外に余計なことをしたおれが悪い。実際、神には小言を言われたしな」

一号店を出る前に、さりげなく肘《ひじ》を摑まれて「切り替えろボケ」と囁《ささや》かれたのだ。その時の神野の満面の笑みを思い出して、少々背すじが寒くなった。

無意識に身を竦ませていたせいで、沈黙に気づくのが少々遅れた。顔を上げるなり物言いたげな顔の長谷と目が合って、一基は怪訝に首を傾げる。

「……一基さんて、信川さんと親しくしてましたっけ」

「いや、全然。社長の店舗回りについてった時と、試食会で顔合わせた程度」

「はる」関係で一基が親しいと言えるのはまず一号店の面々であり、それ以外では前に長期で研修した三号店スタッフくらいだ。半期に一度、各店舗の店長及びフロア責任者の集まりには顔を出しているが、こちらには信川は参加していない。今日のアレが、初めての個人的会話と言っていい。

「――で？　信川さんがどうしたよ」

歩きながらさらに追及すると、長谷は根負けしたようにぽそりと言う。

「信川さんて、いい男ですよね。仕事はできるし落ち着いてるし、見た目もいい」

「あー……未だに独身なのが不思議だって社長が言ってるのは聞いたな」

「状況判断が的確で客あしらいもうまいので、店長不在でも十分代理ができる人なんです。何があっても感情的にならないので、手に負えない客が来た時は対処を頼まれることも多い」

「そりゃまた無敵だな。ちなみに今日の出席者からは王子様扱いされてたらしいぞ。けど、王子って言うには微妙な年じゃねえか？」

年齢は知らないが、一基より年下ということはなさそうだ。おそらく年齢は三十を越えているだろう上にあの落ち着きぶりからすると、「王子」という呼称は似合わない気がする。

「……おい？　どうしたよ」

ふと気づくと、長谷はまた足を止めていた。先行した三歩ほどを引き返して訊いてみると、長谷は「いいえ」と首を振る。

「何でもないです。気にしないでください」

首を竦め、一基の手を摑み直して歩き出す。その横顔が、微妙に強《こわ》ばって見えるのが気になった。いったい何がと考えを巡らせているうちに、自宅アパートが見えてくる。

「一基さん。すみませんけど、今日はこれで――」

手早く玄関ドアを開けて、背後でもぞもぞ言いかけていた腕を摑んで強引に押し込む。傍の壁に長谷を押しつけるのと同時に、後ろ手にドアを閉じて施錠した。手近のスイッチを押して玄関の明かりを灯《とも》し、おもむろに「で？」と見上げてやる。

「一基、さん……？」

「信川さんの何を気にしてやがるんだ？　思いつく順でいいから言ってみな」

「――――」

とたんに口を閉じた長谷を狭い靴脱ぎに追いつめて、両腕で囲い込む。身長で負けるのは仕方がないが腕力で負けてやる気はないし、このまま黙らせておくつもりもない。

驚いたように、長谷が目を見開く。その頬《ほお》を、指でつっついてやった。見た目よりずっと柔らかい頬にひとしきり感心したあと、こめかみから髪の生え際をなぞって耳朶《じだ》を引っ張ってやる。逸れるように動いた顎《あご》を摑んで鼻をつつき、上下の唇をまとめて摘《つま》んでやった。

「ちょ、一基さっ」

「その気になるまで待ってやるから、のんびり考えな」

直接触れていたおかげで、長谷がぴくりと反応するのが伝わってきた。一歩も退《ひ》かない構えでじっと見据えること数秒後、ふいと視線を外した長谷が短く息を吐いて言う。

「……俺も以前二号店にいたんで、一緒に働いてたことがあるんですよ。その当時からすごく苦手っていうか、近寄りたくない人だったんです」

「は？　それ、信川さんの話か？」

「そうです。喧嘩したとか仲が悪いとかじゃなかったんですけど、何か合わないんで関わりたくなくて避けてました」

意外な内容に、一基はきょとんと目を瞠った。

何事にも好き嫌いが激しい長谷は、それなのにと言うべきかそれだからかと言うべきか、本人の幼なじみから八方美人扱いされるほど外面《そとづら》がいい。さらに付け加えれば、あまり他人に興味を持たない。結果、面倒くさいという身も蓋もない理由で、大抵の相手にはまんべんなく愛想がいい。

恋人になって二年余りだが、その間、長谷が「苦手」と称した人物はひとりだけだ。けれど、その相手に対する長谷の態度はと言えば――。

「おまえ、神のことも苦手だって言ってたよな。けど、まるっきり避けてねえよ、な？」

「……神さんに関してはその、俺をイジって遊ばれるんで困るんです。本気で苦手だったらわざわざ一緒に飲みに行ったり遊んだりしませんて」

「だよなあ。おまえ、何のかんの言って神に懐いてるし」

「――そういう言われ方は、ものすごく不本意なんですけど」

厭そうに顰《ひそ》められた眉をつついていたら、その手首を摑まれた。そのままぺたりと、一基の手のひらを長谷の頬からこめかみに押し当ててしまう。

「ですけど、信川さんは本気で近寄りたくないほど苦手なんです。その、悪い人じゃないのはわかってるんです、けど」

「うん？　まあ、そういうこともあるんじゃねえの。波長が合わないとかさ」

「そういう、ことだと思うんです。けど、一基さんは平気なんですよ、ね？」

奇妙に窺うふうに言われて、きょとんと瞬《しばた》いた。そんな一基をじっと見下ろして、長谷は言葉を探すようにしながら言う。

「信川さんは、一基さんより年上ですよね。落ち着いた大人ですし、……ですから、その」

訥々《とつとつ》とした言葉が、中途半端に途切れる。そのまま待ってみても続ける素振《そぶ》りはなく、やけに悄然《しょうぜん》と見下ろしてきた。

言葉以上に雄弁な表情を眺めているうち、閃《ひらめ》くように長谷が言いたいことを理解する。要するに、一基が信川に目移りしないかと気を揉《も》んでいるのだ。

そんなわけがないだろうと、呆れるのと同時に拍子抜けした。顔を隠すように顎を引いて、一基はわざと素っ気なく言う。

「まあ、気にはなるよな」

「……そうです、か」

落ちてきた声は、あからさまに強ばっている。ちらりと目をやった先、長谷は声に違《たが》わずの顔をしていて、即座に反省した。——ちょっとした意趣返しのつもりだったが、どうややりすぎのようだ。

「当たり前だろ。目の前で着飾ったお年頃の女の子に囲まれて写真撮ってる上に、連絡先だって訊かれてやがるし」

「——……は、い……？」

じろりと睨み上げたら、長谷は豆鉄砲を食らった鳩《はと》みたいな顔をした。その頬を、手のひらでぴたぴたと叩いてやる。

「しょうがねえのはわかってんだけどなあ。俺のもんに何すんだって言うわけにもいかねえしさ」

「……——」

途方に暮れたように背後の壁に触れていた長谷の手が、そろそろと動く。頬を叩く一基の手首を摑んで、そのまま自分の頬に押し当てるようにしてきた。

「一基さん。それ、俺のこと……ですよね？」

「おまえ以外のヤツを気にしなきゃならない理由がどこにあるよ。——で？　よもやとは思うが、馬鹿正直にナンバーやらアドレスを教えてねえだろうな？」

じろりと睨み上げながら、自分のその声が尖《とが》っているのを自覚した。

見た目と中身が微妙に乖離《かいり》した目の前の恋人は、気を許した相手にしか本音を見せない。そのくせいわゆる八方美人そのものに愛想よろしく何事にもそつがないから、やたら周囲に人が集まるのだ。行きつけのバーの常連の中にはかつて長谷の恋人だった者が複数いるし、一基と別れたら次は自分だと主張する者もいる。

一号店の客の中でも、あからさまに長谷目当てと見える女性は多い。フロアにいる一基に橋渡しを頼む者もいるし、直接声をかけたり仕事上がりを待ち伏せされることもあるのだ。

長谷が、毎回きっちり断っていることはわかっている。けれど、だから何も感じないというわけではないのだ。今日は貸し切りの上、長谷が長くフロアにいたせいか女性たちのアプローチもわかりやすく、目にするたび何とも言えない気分になった。

見下ろしていた長谷が、一基の手を軽く引く。思わず顔を上げると、やけにきれいで嬉しそうな笑みにぶつかった。不意打ちの攻撃に怯《ひる》んだ一基をよそに、長谷は摑んだままの手のひらにキスを落としてくる。

「――誰にも教えてませんよ。面倒ですし、そもそも興味もないです」

「そ、か。……うん、じゃあそういうことで……手、離せ。な？」

言葉だけならともかく、その笑みとキスはやりすぎだ。瞬時に熱くなった顔をふいと背けて手を引いたものの、指先を捕える体温はかえって強くなるばかりだ。

「一基さんこそ、どうなんです。女の子、紹介してもらうんですか？」

わずかにトーンが低くなった声に、ほっとするよりもむっとした。目の前の恋人を改めて睨んで、一基は言う。

「んなわけねえだろ。わざわざダシにされてたまるかよ」

「ダシって、でも一基さん目当ての子がいるって話だったんじゃあ」

「あのなあ、この際自慢してやるけど、おれに告白してきた奇特なヤツはおまえだけなんだよ。万一紹介されたところで、怖がられて終わるに決まってんだろ」

ふだんなら笑い話で流せる内容だけれど、元同僚とのあれこれがあったせいか、いつになく気分がささくれた。

「それは前の話で、今は違うでしょう。実際、フロアでの客受けも悪くないですし」

「年配年寄り子ども受けは、確かによくなったよなあ？」

切り口上で不機嫌を悟ったらしく、微妙な顔で長谷が黙る。その反応にも少々苛立《いらだ》ってしまった。

「つーか、この話はもうやめだ。信川さんの話もナシでいいだろ」

「でも」

「あの人は今日一日限定の助っ人だろ？　異動してきたわけでもなし、次に顔合わせるとしてもせいぜい試食会だ。気にするだけ無駄だろうが」

呆れ声で言った一基に、長谷は気がかりそうにぽそりと言う。

「……怒ってます？」

「それ以上言いやがったら怒るぞ。だいたいなあ、おまえがいるのに何で女の子紹介してもらわなきゃならねえんだよ」

「え、……」

素っ気なく言って顔を背けながら、どうやらパーティーでのアレは相当なダメージだったようだと今さらに自覚した。八つ当たりを反省し一度深呼吸をして、よし謝ろうと顔を上げた一基は、思いがけなさに瞬いてしまう。

瞼《まぶた》が触れそうなほど近くに、長谷の顔があったのだ。蕩《とろ》けるような甘い顔で、一基の顎を掬《すく》うように指を当ててくる。唐突さについていけずぽかんとしていると、わずかに額《ひたい》をぶつけてきた。

「……一基さん、キスしたいんだけど、いい？」

「あ？　いや、あのな、おまえわざわざそんなの訊……っ」

いきなりすぎる展開に、心臓が走り出す。近すぎる距離にも互いの体温にもすっかり慣れているはずが、上せたように思考が空回る。それもこれも全部、目の前の男がきれいすぎるせいだ。そんな責任転嫁しているうちに、吐息を感じるほど距離が近くなった。

「キスしたい。……駄目？」

「……駄目とは、言って、な——」

喉からこぼれる声は、他人のもののように小さく掠《かす》れていた。その最後の一音を待たず、するりと呼吸を塞《ふさ》がれる。無意識に動きかけた腕を取られたかと思うと、背中に硬い感触が当たった。思わず目を開くなり、数センチ先からこちらを見ていた長谷とまともに目が合う。よく知っているはずの熱を帯びた視線に捕まっていると、見つめる目元が笑ったのがわかった。ついで、伸びてきた指にそっと瞼を撫でられる。促《うなが》されるまま瞼を落とすと、ご褒美とでも言うように歯列をなぞられ、口を開けるよう促された。

ここは自宅で、人目もない。だったら拒む理由はなく、素直に顎を緩めた。とたんに割り入ってきた体温に舌先を搦《から》め捕《と》られて、慣れたはずの感覚に知らずざわりと全身が震える。

「……ん、――」

喉の奥からこぼれた音のような声を飲み込むように、キスが深くなる。唇の奥をなぶられる感触に、肌の底がざわりと蠢《うごめ》く。キスの合間にこぼれる呼吸音がひどく耳について、もしや隣に聞こえてはいまいかと気にかかった。

「大丈夫です。隣にも上にも聞こえてません」

「う、――ん、……っ」

どういうわけだか、こういう時に限って長谷はやたらと察しがいい。気持ちを読んでいたような言葉に辛《かろ》うじて返事をし、そのあとで羞恥《しゅうち》に見舞われるのはいつものことだ。さらに遅れて、その断言に根拠はあるのかと問いつめたくなった。なのに、その反発心ですらきつく抱き込まれる感覚にずぶずぶと沈んでいく。

背中に当たる壁の感触とは裏腹に、後頭部に触れているのは弾力のある体温――長谷の手のひらだ。こんなふうにさりげない気配りを感じさせられるたびに思い知る経験値の差は、つきあい始めて二年が過ぎてもどうにも追いつけないままだ。

微妙な悔しさを覚えて合間に長谷の唇の端を噛《か》んでやったのに、かえって拘束が強くなった。その頃には、逃げようにも全身がすっぽり長谷に囚《とら》われてしまっている。

「ん、ちょっ……ハル、カ……っ」

「ヨウ、です。ふたりきりなんだから、そっちで呼んで？」

囁く声とともに、今度は耳元にキスをされる。頰にすり寄る体温に、身体《からだ》の芯がぞくりと震えた。

「いや待てって、今何時だと……っ」

「駄目ですか？　ちょっとだけでいいんですけど」

明らかに一基より背が高いくせに――目一杯見下ろしているくせに、上目に見上げられている気がするのはどうしてなのか。

不可解すぎる疑問はもう馴染《なじ》みのもので、しかも答えが見つかったためしがない。こうなると高確率で押し負けてしまうあたり、つくづく反則だと思う。

「……ヨウ」

そっと口にしたのは、長谷の名前の本当の読み方だ。「ハルカ」は幼い頃からの渾名《あだな》になるが、容姿と相俟《あいま》ってさんざん周囲にからかわれたため、以前はそう呼ばれることが心底厭だったという。

今現在、職場ですら「ハルカ」と呼ばれているのは、開き直った長谷があえて積極的にそちらを使った結果なのだそうだ。何でも本名の「ヨウ」は本当に大事な相手にしか呼ばせたくないから、ということらしい。実際に一基の知る限り、長谷を「ヨウ」と呼ぶのは一基自身と長谷の幼なじみ兼親友だけだ。

(遥、です。そっちで呼んでくれませんか)

紆余曲折《うよきょくせつ》を経て恋人同士になった直後に、一基は長谷からそう言われた。とはいえ一基も通常は周囲と同じく「ハルカ」と呼んでおり、限定的な時にしかその名で呼んだことがない。要するに、恋人同士の時間のみ、だ。

じっと見下ろしていた長谷が、やけに安心したように笑う。再び落ちてきたキスは深くて長かったけれど、じき名残のように啄《ついば》むものに変わった。それを受け止めながら、彼の声や表情がいつも通りだと知ってほっとする。どうやら、自分は目の前の男がいつになく悄然としていたのが気にかかっていたらしい。

「明日、泊まりに来てもいいですか?」

「ん? ああ、……つーか、来るもんだと思ってたが」

体制が変わった去年から、一号店の定休日は月に二日だけになった。もちろん他に休日は確保されているものの、ローテーションの関係でなかなか同時にとはいかない。結果、丸一日一緒にいられる定休日は前日から一緒に過ごすのが定番になっている。

当然として答えた一基に、長谷が笑う。再び顔を寄せてきたかと思うと、今度は唇でなく額に音を立ててキスをした。

「ありがとうございます。——じゃあ俺、帰りますね」

「は？　いや待てちょっ」

考える前に、離れかけた腕を摑んでいた。首を傾げて見下ろしてくる長谷は先ほどまでの不安げな、心細そうな気配をものの見事に払拭《ふっしょく》していて、何となく拍子抜けした気分になる。

「帰るっておまえ、もう日付変わってんだろ。ソファ貸してやるから泊まってけって」

「いや、それ無理ですよ」

「無理って何が」

むっとして見上げてやったら、どういうわけだか顎をくいと持ち上げられた。指先で頰を撫でられて眉根を寄せていると、身を屈《かが》めた長谷に覗き込まれる。

「おとなしく眠るのは、どう考えても無理なんです。……それでも？」

「ちょっ、……！」

吐息とともに耳朶を舐《ねぶ》られて、反射的に飛び退《の》いていた。

そういう状況や雰囲気だったらともかく、いきなりそれはないだろう。そんな心境でぎっと睨み上げていると、長谷はくすくすと笑い出した。

「そういうわけなんで、また明日。おやすみなさい」

さすがに呼び止める気になれず、玄関ドアが閉じるのを見届けた。短く息を吐くと、一基は玄関ドアを施錠する。あの様子なら気にするまでもあるまいと納得し、とっとと風呂に入ることに決めた。

2

翌日、出勤して一号店の裏から中に入るなり、思いがけない相手と出くわした。

「あ。友部さん、おはよーございます！」

「おはようございます。昨日はどうも」

廊下の途中、社長宅へと続く階段の向こう側に、昨日助っ人をしてくれたふたりが談笑していたのだ。北原はフロアの制服を身につけ、信川は私服のままで揃《そろ》って笑顔を向けてきた。

「おはようございます。って、どうしたんですか。今日はおふたりとも二号店と四号店で仕事じゃあ？」

「あ。ええと、ですね……」

「仕事前に社長から詳しい説明があると思いますよ」

困ったような北原の視線を受けた信川が、穏やかに言う。そこまで聞けば、追及しても無駄だと察しはついた。

「そうなんですか。――信川さんは着替えなくていいんですか？」

「ええ。僕は」

信川の言葉を遮るような唐突さで、すぐ傍の男性用更衣室のドアが開く。顔を出したのは長谷で、一基が何か言う前に腕を摑んできた。

「おはようございます。一基さん、急がないと間に合わないですよ」

「え。いや、まだ時間……」

「いいですから、ほら早く」

そのまま、有無を言わさず室内に引っ張り込まれた。性急な手つきの長谷がドアを閉じるのを眺めながら、呆れ気味に言う。

「おはよう。——どうでもいいけどおまえ、今の信川さんだけじゃなく北原さんにも失礼じゃないか?」

「時間がありませんので。っていうか、何であの人が今、あそこにいるんです?」

そう言う長谷の顔は珍しいまでに無表情で、そこまで苦手だったのかと改めて感心する。

「知らねえよ。神からも社長からも聞いてねえし。……どっちみち、社長待ちなんじゃねえの。ほら、おまえも着替えな」

突っ立ったままドアの外を気にする長谷は、着替え途中だったらしく下こそお仕着せを着ているものの上は自前のシャツのままだ。その背中をどやすようにして奥へと促し、一基は自分のロッカーを開く。

手早く着替えを進めながら、内心でため息がこぼれた。

一基はこれでも一号店フロアの責任者だ。にもかかわらず、フロアのお仕着せを身につけた北原が今日「ここ」にいることを知らされていなかった。そこに信川のあの発言ともなれば、またしても社長が何か企《たくら》んでいるのだと察しはつく。

できることなら、穏便な内容であってほしいのだが。ついでに信川と長谷の接点が、なるべく少なければいいとも思うのだけれども。

小さくため息をついた時、急に肩と背中が重くなった。反射的に振り返りかけた頭上にも、馴染みの重みが乗ってくる。

「ハールーカ？」

「……すみません。今だけ、ちょっとでいいから」

昨夜と同じ心細げな声で言われて、振り払う気が失《う》せた。信川が入ってこないのなら、多少はお目こぼししておくかと思う。

一号店の中で、一基と長谷の関係を知っているのは店長の神野だけだ。社長以外の男スタッフはその三名のみで、だから少々長谷とくっついていたところでさほど問題はあるまい。

「……ちょっとだけだぞ？　神が来たら離れろよ」

とはいえ、どこでもかしこでもくっつくのは論外だ。許可と同時に戒《いまし》めると、素直に「はい」と返した長谷の腕が強くなった。どことなくしがみつくような気配に、そこまで信川が厭なのかと少々意外に思う。

「おはよーう……って、そこさあ、朝っぱらから何やってんの。目に鬱陶《うっとう》しいからやめてく

れないかな」

挨拶とともに更衣室に入ってきた神野が、後ろ手にドアを閉じるなり面倒くさそうに言う。

「おはよう」と返した声に重なって、一基の頭上でぐるりと重みが動いた。

「鬱陶しいなら見なきゃいいじゃないですか」

「ハルカねえ……思い切り目の前でやっといて、何なわけその言い草」

「あー、ごめんな。……ってことでハルカ、そろそろ離れな。もうじき時間だろ」

「厭です」

諌《いさ》めたはずが、宣言とともにさらにきつく抱きつかれた。「おい」と背後を見上げた先、長谷はむっとした顔で神野を見ている。少し離れたところで着替えていた神野はといえば、露骨な呆れ顔で眉を顰めていた。

「どうしようもないお子さまだねえ……一基さあ、甘やかしすぎなんじゃないの」

「余計なお世話です。こっち見なくていいんで、神さんはのんびり着替えてください」

「……いや見てる方が暑苦しいからさ、着替えたんだったらとっととフロアに行けって。そもそもハルカ、ここがどこだかわかってる？」

眼鏡の奥の切れ長の目をうんざりしたように細めて、神野が言う。対する長谷はと言えば、迎え撃つように仏頂面《ぶっちょうづら》になっていた。

「更衣室でしょう。さっき着替えたんだし、わかりますよ」

「あーそう。だったらそんなとこでいちゃいちゃしないでほしいんだけど」

こうなると、割って入ったところで無駄だ。過去の経験値で判断して、一基はひとまずロッカーを施錠する。その直後、更衣室のドアをノックする音がした。

「おーい。全員フロアに来い」

ほぼ同時に呼ばわるやや掠れ気味の独特の声は、神野の祖父であり洋食屋「はる」全店を統括する社長のものだ。すぐさま三人で更衣室を出ると、すでにその社長は昨日の助っ人二名とランチタイムパートの水城《みずき》を引き連れてフロアへ向かっていた。

すでに喜寿《きじゅ》を迎えているはずの社長だが、見た目はそれよりもずっと若い。ぴんとした背すじと闊達《かったつ》な足取り、そして鋭い視線にはさすがの貫禄があって、スーツにネクタイがおそろしく似合う。外出予定でもあるのか、シェフの装いではなくラフな私服姿だったが、そこにいるだけでフロアに並ぶスタッフの間に心地のいい緊張が走るのがわかる。

「今日から四か月ほど、北原には一号店のフロアに入ってもらう。昨日の様子ならさほど問題なかろうが、慣れるまでよくフォローしてやってくれ。――それと、一基」

「はいっ」

名前を呼ばれた瞬間、正直「またか」と思った。

無茶ぶりするなとは言わないが、できれば日程に猶予のある内容であってほしいものだ。いつかの試食会準備を思い出して素で考えたのを見透かしたように、社長は一基に満面の笑みを向けてきた。

「その四か月間、一基には信川についてもらう。少々忙しくなるとは思うが、並行して一号店のフロアの様子も見ておくように」

「は、……い？」

覚悟していたはずが、思いがけなさに目を瞠っていた。そんな一基を眺めて、社長は妙に楽しそうに笑って続ける。

「四か月後に六号店を出すことになった。信川はそこの店長になるんだが、本格的な準備にかかるに当たって人手が必要でな。――詳しい話は上でするから、一基と信川はついてきなさい。あとの者は開店準備だ」

言うなり、社長は背を向けて更衣室の方角へ向かった。

すぐさま動いた信川が、突っ立ったままの一基に気づいて足を止める。短く名を呼ばれて我に返ったとたん、気遣うような視線とぶつかった。

「ああ、……すみません、行きます」

先を行く信川を追いかけながら、一基は視界のすみで神野が何とも申し訳なさそうに、長谷がやけに強ばった顔で見送っているのに気がついた。

新規開店する六号店の開店準備に関して、信川の相談役兼秘書をやるように、というのが社長からの一基への指示だった。

「一応お断りしておきますが、おれ、そういうことにはまったく素人《しろうと》なんです。それでも役に立てるでしょうか」

「構わんよ。一基に頼みたいのはあくまで補佐と相談役だ。専門知識が必要な内容は然《しか》るべきところに頼んであるから、勉強のつもりで手伝ってやるといい」

つまり、ついでに勉強もしろと言うことだ。短く了承すると、社長は満足そうに言う。

「基本的には信川の指示で動いてもらうが、予約状況によっては一号店フロアを優先してもらう。事前に邦彦《くにひこ》から連絡するよう言ってあるから、それに従ってくれ。信川とわたしが出かける時もあるだろうが、その場合はいつも通りフロアを頼む」

「わかりました。ですが、今日のディナータイムについてはフロアで北原さんの傍につかせていただければ助かります。スタッフは同じでも貸し切りの時とは勝手が違いますし、バースデー予約も複数入っていますので、説明がてらついでにやり方も見てもらった方がいいかと」

「それもそうだな。信川くん、今日の外出予定はどうなってる?」

「そうですね……初日ですので、ひとまず店舗の場所と環境を一緒に確認して、あとは状況説明と打ち合わせができれば十分です。なので、ディナータイム前には十分こちらに戻れるかと」

信川の返事を受けて、社長はあっさりと頷く。

「ではそのように。事務所の場所は一基が知っているし、合い鍵も二人分用意しておいた。足りないものがあれば報告しなさい。残業についてはメールで構わないから事前に連絡、車については好きに使って構わない。こちらでどうしても必要な時はあらかじめ連絡する」

さくさくと指示され、用意してあった事務所と車の鍵をそれぞれ手渡された。追加で一基にだけ渡された携帯電話はこれまで試食会準備の時に持たされていたものと同じで、馴染んだ品物を手にして妙に安堵《あんど》する。

「邦彦にはこっちから伝えておく。ふたりとも、すぐ外出していいぞ」

これから着替えて一号店に下りるという社長に礼を言い、揃って社長宅を出た。

「確認いいですか。まず出かけて、戻ってから事務所の確認ということでいいでしょうか」

階段を下りながら訊いてみると、信川はあっさり頷く。

「もちろん。その方が効率がよさそうです」

「わかりました。じゃあ、急いで着替えてきます。……打ち合わせがあるならスーツの方がいいんでしょうか」

念のため確認したのは、信川の服装がシャツにスラックスという堅めの私服だったせいだ。

その隣でスーツにネクタイは明らかに浮くだろうが、業者が絡むならラフすぎるのも問題に決まっている。

「出勤時の服装で大丈夫ですよ。現場は見に行きますけど進捗《しんちょく》状況の確認程度ですし、打ち合わせの相手は僕ですから」

「了解です。そのへんもまたのちほど確認させてください」

社長の無茶ぶりに備えてロッカーにスーツ一式を常備しているものの、今回の一基はあくまで信川の補佐だ。外部の業者と顔を合わせる可能性も含めて、それなりに合わせておかねばなるまい。

よし、と頷いたあとで、信川がじっとこちらを見ているのに気がついた。怪訝に見返す一基に気づいてか階段の途中でふと足を止め、ふわりと頭を下げてくる。

「いきなりのことですみません。四か月間、いろいろ面倒をかけるかと思いますがよろしくお願いします」

「あ、いや。いきなりなのは、信川さんじゃなくて社長ですし」

落ち着いた物腰に、何となく気圧《けお》されてしまった。そんな自分に狼狽《うろた》えながら通路まで下りると、一言断って更衣室に向かう。

手早く着替えながら考えれば、すぐにその理由は見つかった。廊下で待っていた信川と合流し、乗り込んだ社長の車で移動しながら、一基はどう切り出したものかと言葉を探す。

「そこの信号を右にお願いします。そのあとは当分道なりで」

「了解です」

「申し訳ないですね。帰りは僕が運転しますので」

「駄目ですよ。それはおれの仕事です。社長にも言われたでしょう、おれは信川さんの補佐なんですよ」

苦笑混じりに返しながら、思い出したのは車に乗る前に起きた押し問答だ。「道を知っているのだから運転は自分がする」と静かに主張する信川からハンドルを奪うには、それなりに強引に押さねばならなかった。

「そうは言っても、友部さんに無理を言って手伝ってもらうわけですから。……そうですね、間を取って交互に運転するということでどうでしょうか」

「申し訳ありませんが却下します。どう考えても、おれより信川さんの方が仕事が多いじゃないですか」

新規開店準備に必要な諸々《もろもろ》の手続きを主導で行うのも、最終的に判断するのも信川だ。だったら雑事は一基が引き受けるのが当然だろう。

「さほど多くはないと思うんですけどねえ」

「今はそうでもこれから増えます。だから社長がおれを補佐につけたんでしょう。こっちとしても振られた仕事はきちんとこなしたいんで、雑用は遠慮なく投げてください。——あと、信川さんにひとつお願いがあるんですが」

「何でしょう?」

助手席からこちらを眺めて、信川が首を傾げる。それへ、端的に言った。

「おれへの敬語は必要ないですし、名前も呼び捨てで構わないです。他店舗とはいえ信川さんは店長ですし、当面おれは部下になるわけですから」

数か月に一度会うかどうかの状況ならともかく、今後行動をともにするとなれば話は別だ。信川自身に店長という立場を押し出す気配がないとなるとなおさらだった。

こちらの言い分が意外だったのか、信川は一瞬目を瞠った。ややあって、苦笑混じりに言う。

「……そう? だったら友部さんも敬語やめてほしいんだけど、どうかな」

「すみませんがそれは却下します。そもそも信川さん、おれより年上ですよね?」

確認のつもりで一基が自らの生年を口にすると、信川はわずかに苦笑した。

ごく当たり前のはずの言葉や仕草なのに、信川がやるとどことなく浮き世離れして見える。改めて、「なるほど王子様なわけだ」と思ってしまった。

「年上と言ってもふたつしか違わないようだけど?」

「十分です。あと、おれは中途採用ですから『はる』では大先輩です」

この際とばかりに押し切って、信号を青に変えた交差点に車を進めた。

仕方ないといったふうに首を竦める信川を視界のすみに入れながら、改めて不思議に思う。

浮き世離れして見えるわりに、話していてズレや違和感はまるでない。むしろ、面倒見のいい上司というイメージの方がぴたりと来る。

出勤直後にわかりやすく無礼な態度を取っていたあの恋人は、この人のどこがどう苦手なのか。膝詰め談判で訊いてみたくなった。

「ところで新店舗って駅前のどこにできるんです？　商用ビルのテナントとかですか」

「駅前じゃなくて、私鉄乗り換え駅の構内なんだ。改札口から歩いて三分ってところかな」

続けて信川が口にした駅名には、聞き覚えがあった。学生時代に何度か乗り換えに使ったものの改札口から出たことはなく、卒業してからは乗らなくなった路線だ。

「駅前パーキングや駐輪場への道なりだし、周囲にはファミリー向けだけでなく単身者用の賃貸物件や、二駅先の大学の学生を当て込んだアパートも多い。客層としては駅利用者を見込んでるけど、中でも学生と単身者を呼べたらと思ってる」

「単身者はわかりますけど、学生はきつくないですか。うち、ファミレスより割高ですよね？」

「その点は、駅構内って立地を利用できるんじゃないかな。総菜だけのテイクアウトを考えてて、今社長と相談してるところなんだ」

「ああ、それがあれば嬉しいですねえ。……けど、『はる』ではどこもやってないですよね？」

ちらりと視線を向けた一基に気づいてか、信川はにこりと笑った。

「だけど、希望するお客さんも多いからね。今回の新店舗は今までの店舗とは条件が違うし、希望は希望として言っておこうと思って」

「ああ、そういうことですか」

「はる」系列店は現在五号店まであるが、それぞれ微妙に客層も雰囲気も違う。たとえば一号店は「家族の記念日に出かける地元の店」であり、三号店は「若者や学生が家庭料理を求めて行く店」だ。そのあたりに鑑《かんが》みれば、新規開店する店の最大の特徴は「駅構内にある」ということになる。

「テイクアウトメニューは現行からチョイスですか。それとも、新しく考案するとか?」

「独自メニューも入れたいけど、いっぺんには無理かな。とりあえず二号店でアンケートを取ってみようとは思ってる」

定期的に試食会を行っていることもあって、「はる」には季節限定や店舗限定のメニューも多い。その中から各店舗でどの時季にどのメニューを扱うかを決めるのだ。なので、とある店舗での名物メニューが他店舗ではそもそもメニューに載っていないこともある。

「アンケートなら、三号店にも打診してみませんか。あそこなら客層も被《かぶ》ってますし、バイト学生の中に親しくしてるヤツがいるんで、個人的な意見も貰《もら》えると思いますが」

思いつきで言ってみたけれど、助手席からの返事はない。再び赤信号に引っかかったのをしおに目をやると、信川は目を丸くしてこちらを見つめていた。

「あの? どうかしましたか」

「……うん、そうしてもらえたら助かるな。友部さんは、三号店によく行くのか？」

「以前、三か月ほど研修させてもらいました。店長もフロア責任者も気のいい人なんで、先方の利になる形でアンケートを用意した上で趣旨を説明すれば協力してくれるでしょう」

まずは社長に話を通すと決まったところで、ちょうど新店舗が入る駅が見えてきた。

近くのパーキングに車を預け、信川について歩きながら好奇心半分に駅周辺を眺めてみる。大きな商業施設こそ見あたらないが、ビルのテナントはどこも塞がっているようだ。平日の昼前にもかかわらず行き交う人が多いのは、おそらく乗り換え客が一定数いるからだろう。

駅の南口からすぐの場所にあった新店舗は見るから改装中で、作業着姿の人影が動いているのが外からでも窺えた。念のためにとヘルメットを渡され、不用意にものに触れない、頭上足元に留意との注意を受けて、信川について中に入る。顔見知りらしい作業員と話し込む声を耳に入れながら好奇心のまま見て回った店内は、やはりと言うべきか一号店以下他の店舗のどこよりも狭い。

信川が話し終えるのを待って、揃って現場を出る。ヘルメットを返して挨拶すると、促されるままぐるりと駅周辺を回ってみた。――南口側には商店街入り口や商用ビルが目についたものの、北側にあるのはその半分ほどだ。典型的なベッドタウン入り口という印象だった。

「スタッフの手配は、どういう形に？」

ほぼ半周したところで思いついて訊いてみると、信川はあっさりと言う。

「必要な人数は検討の上、『はる』として採用済みだよ。二号店以下で研修を受けたあと、当面配属された店舗でスタッフとして働いてる。来月あたりに各店長とフロア責任者が評価して、一定ラインに達した者は僕と面接することになってる。改装は開店三週間前には終わるから、そのあと新店舗に入って実地研修しながら本格的な準備をする予定かな」

「あー、そういえば新人の話は聞きましたね。そっか、一号店はメンバー変わらないから」

「社長のこだわりで固定メンバーなんだよね。体制変わってスタッフが増えたとは聞いたけど、連携がよすぎて驚いたよ。少人数で回してきたっていうのもあるにしろ、友部さんの仕切りの影響が大きいんだろうね」

さらっと言われて、何とも面映《おもは》ゆい気分になった。

「逆ですよ。もともと連携が取れてる中に、おれを入れてもらったんです。あと、学生の頃に一号店でバイトしてたのと、就職してからも常連で馴染みがあったからでしょう」

阿吽《あうん》の呼吸で動ける神野が店長で、水城は一基がバイトしていた頃からパートとして働いていた。正規スタッフとなった絢子とは彼女がディナータイムアルバイトに入った当初から常連として接していたし、当時はまだ折り合いがよろしくなかった長谷とも顔見知りだった。

そういう条件の上に、社長の厚意があって与えられた立場でもあるのだ。自分なりに努力してきたことは否定しないが、全部自力だと言い切れるほど厚顔無恥でいるつもりもない。

「そういえば、友部さんて何年か前にオブザーバーで試食会に出てたっけ。あれってバイトの関係かな」

「それもありますけど、就職してから毎日のように通ってたからじゃないかと。日に一度くらい、まともなものを食べたかったんですよね」

「まともなもの？」

「料理がからっきしなんで、朝昼とパンかコンビニだったんですよ。営業にいたので、たまにビジネスランチに行ったりはしたんですけど、基本的にいつでもどこでも簡単に食べられるものが多かったんです」

そのくせ、カップラーメンの類《たぐい》があまり好きではなかったのだ。我ながら我《わ》が儘《まま》だと感心しながら、辿《たど》りついたパーキングで車に乗り込む。何も言わず助手席側に回った信川にほっとしながら、慎重に車を出した。

「なるほどね。――そういえば、友部さんて長谷くんとも親しいんだって？」

「……は？」

思いがけない言葉に顔を向けると、信川は助手席の窓枠に頬杖《ほおづえ》をつくようにして一基を見ている。目が合うなり、ふわりと苦笑された。

「社長から聞いたよ。前はよく言い合いしてたのに、一年経って帰ってみたら呆れるくらい仲良くなってたって。どっちかっていうと長谷くんが懐いてるって話だったけど」

「あー……たぶん、思い切り喧嘩したからじゃないですかねえ。お互いに誤解があったのも、それで晴れましたから」

実際のところ、パートの水城や絢子の認識は「犬猿の仲だったのに長谷が懐いた」だとか「兄弟みたい」というものだ。おそらく、社長も似たようなことを思ったのだろう。

「で、その友部さんから見て長谷くんの仕事ぶりはどう？」

「どうって、まともですよ。好きでやってる仕事だからでしょうけど、研究熱心ですし」

何しろ、時間さえあれば試作しているのだ。これまで一基が仕切った三度の試食会でも必ず採用メニューを出しながら、「メインシェフとしては最低限」だと当たり前のように言う。外面のよさを発揮して客受けもよく、かつてあったように一基絡みで考えすぎて仕事に支障を来《きた》すようなこともなくなった。

もっとも、その外面が信川相手となると剝《は》がれかけているのも事実だ。やはり今夜にでもシメておくかと思った時、助手席で小さく笑うのが聞こえた。

「友部さんのお墨付きか。――実を言うと、新店舗に長谷くんが欲しいと思ってるんだよね」

「え、……」

思いも寄らない言葉に、咄嗟《とっさ》に返事が出なかった。ちらりと横目を向けた先、信川は涼しい表情でまっすぐに一基を見つめて続ける。

「友部さんは知らないかもしれないけど、長谷くんは以前二号店にいたんだ。当時はやんちゃで困ることも多かったんだけど今はずいぶん落ち着いたようだし、昨日も仕事はやりやすかったからね」

「そ、うなんですか？」

本気かと、口から出かけた台詞《せりふ》を辛うじて言い換えた。

今朝の長谷の信川への態度は、どう解釈したところでいいものではなかった。それはつまり、八方美人の皮を被り損ねるほど信川が苦手だということになる。

この数時間を一緒に過ごしただけでわかった。新店舗の店長を任されるだけあって、信川という人は状況を、おそらく人もよく見ている。だったら、あれほど強い長谷の反応に気づかないはずがない。

「長谷くん、独立するか新店舗の店長やりたいって目標があるだろう？　立ち上げから関わるのはメリットになると思うんだよね」

「………は、い？」

さらに予想外の言葉に、ぽかんとした。まるっきり初耳だったせいだ。

一基の様子を怪訝に思ったのか、信川は「あれ」と声を上げる。

「友部さん、もしかして聞いてない？　……だったら余計なこと言ったかな。懐いてるって言うから、てっきり知ってると思ったんだけど」

「……ずっと一号店に入りたかった、とは聞きましたけど」

「ああ、うん。それも言ってたね」

肩を竦めて、信川はあっさりと言う。

「もしかして、途中で気が変わったのかもしれないね。実を言うと長谷くんからそれ聞いたのって二号店で一緒に働いてた時で、彼が四号店に移ってからはほとんどつきあいがなかったから」

「……四号店に？」

「三年目に入ってすぐ、本人の希望で異動したんだ。そのあとで一号店に移ったんだけど、知らなかったかな」

「おれとハルカがまともに顔合わせたのって、あいつが一号店に来てからですんで。あー、異動の件については直接本人に訊いてみた方がいいと思いますよ」

混乱しつつ、口から出たのは事務的な台詞だ。妙にそう実感しながら、同時に一号店フロア責任者としては他に言いようがないことも思い知る。

長谷にそういう希望があるのなら、信川の申し出には一理あるのだ。実際にどうするかは別として、店舗立ち上げに最初からスタッフとして携われるのはいい経験になるに違いない。

「いや、けどそれでいいのかな」

「はい？」

「六号店……新店舗は一号店からだとそれなりの距離があるよ。長谷くんは即戦力として貴重だからどうしても手を借りることになるし、準備中から開店して軌道に乗るまではかなり忙しい目に遭う。——そうなると顔を合わせる機会は減る。通勤には時間がかかることになるし、引っ越すとなおさら会えなくなる」

「いや、それ当たり前っていうかふつうじゃないですか」

真面目《まじめ》に言われて苦笑がこぼれた。喉の奥に苦いものを感じながら、一基は快活に言う。

「お互いいい大人ですし、異動するも引っ越すも本人次第でしょう。どうするか決めるのはハルカ本人であって、おれには関係ないです」

「そうなのかな。大抵一緒にいるように聞いたよ？」

「それ、ふたりじゃなくて三人ですよ。おれとハルカだけじゃなく、神——店長も一緒にいますし。……話そのものはハルカにとって有益だと思いますし、直接持ちかけてみられたらいいんじゃないでしょうか」

信川が長谷を欲しいと主張し、あるいは長谷本人がそれを希望したとしても、最終的に人事を決めるのは社長だ。メインシェフの長谷を異動させるならその代わりのスタッフを入れなければならないし、各店舗のバランスもあるだろう。

フロントガラスの向こうを見たままでひとつひとつ考えていると、横顔に視線を感じた。ちらりと見れば、信川が意外そうな顔でこちらを見ている。

「……どうかしましたか」

「ちょっと意外でね。ああ、でも懐いてるのは長谷くんの方だからいいのかな」

「それとこれとは話が別でしょう。ハルカだって同じことを言うと思いますよ」

昨夜の長谷を思い出しながら、あえてそう言い切った。

職場の人間関係が重要なのは事実だけれど、それはあくまで仕事を円滑に進める上での話だ。仲がいいから、一緒にいたいから仕事をセーブするだの異動しないだのと口にするのは本末転倒というものだろう。

長谷に独自の夢があるのなら——そのために必要なら、好きに動けばいいのだ。そこでもっとも重要なのは、長谷がどうしたいかであるはずだ。

ただ、——何も感じないとは言わないけれど。

どうして黙っていやがったと、詰め寄って迫って無理にでも白状させてやりたい気持ちは、あるけれども。

3

「絢ちゃんに北原さん、今からおれは抜けるから。神にも言っておくけど、何かあったら連絡して」

ディナータイムのピークが過ぎたフロアが落ち着いているのを見極めてから、カウンター前で肩を並べていた女の子たちに声をかけると、ふたりは揃えたように顔を上げた。

「わかりました。これから事務所でお仕事ですか？」

「そんなとこ。絢ちゃん、悪いけどあとよろしく。北原さんには申し訳ないけど、質問とか気になることとかあれば明後日に改めて聞かせてもらっていいかな。今日中がよければ神……店長に頼んでおくけど」

はきはきと返してきた絢子に即答し、一基はじっとこちらを見上げている北原に目を向ける。まだ目元のあたりに緊張を残した彼女は、少し考えるように首を傾げたあとで言う。

「今のところ、緊急の内容はないので大丈夫です。今日はありがとうございました。また明後日にご指導お願いします」

満面の笑みで言われて、何とも微笑《ほほえ》ましい気分になった。目が合った絢子も笑顔のままで、どうやらこのふたりの相性は悪くなさそうだとほっとする。

「お疲れさま。明日はゆっくり休んで、また明後日からよろしく。――とりあえず今来たお客さん、席に案内して」

あえて北原に声をかけると、即座に明るい返事があった。入ってきたばかりの夫婦らしい客を誘導する声を耳に入れながら、一基は今度は神野に声をかける。事務所に行くと告げると、あっさり頷かれた。

「了解。けど無理はすんなよ。あと、ハルカがぶんむくれてるからフォローよろしく」

「は？　何だそりゃ」

「休憩時間が終わるギリギリまでおまえが帰ってこないからだ。信川さんと食事してきたんだろ？」

揶揄《やゆ》混じりに言われて、一基は憮然《ぶぜん》とした。

「時間が惜しかったんで事務所に出前頼んだだけだ。泡食って二分で食ったんだ、そんな優雅なもんじゃねえ」

外出から戻って即事務所に行き、例のアンケートの内容を詰めていたのだ。信川が作っていた案に一基が意見を入れる形であれこれやっているうちに時刻が午後五時を回ってしまい、かといっていったん取りやめるには半端過ぎて、この際夕食抜きでと開き直った。そうしたら、信川が近隣の店の出前メニューを見せて寄越したのだ。

「その理屈がハルカに通じるかねえ？」

「通じるもなにも、こっちがギリギリに戻ったことくらい――」

駆け足で一号店に戻って着替えてフロアに入った時点でディナータイム数分前だったのだから、フロアスタッフを集めてバースデー予約を確認する余地があったのが幸いだ。そこまで考えたあとで、はたと気づく。

その後は北原に指示指導しつつフロアの仕切りをやっていたため、ほとんど厨房を覗いていないのだ。要するに、ディナータイム開始から今まで長谷とまともに顔を合わせていない。

今さらに思い当たったものの、噂の長谷はカウンター奥の厨房で調理中だ。手が空いていていないともなれば、声をかけるわけにもゆくまい。

「……とりあえず、行ってくる」

「はいはい。無理すんなよ」

神野の声に送られて更衣室に戻り、手早く着替えをすませて通用口から外に出た。

春よりも夏に近い季節になった今、日没が遅くなったとはいえさすがに二十時を回れば周囲は夜に沈んでいる。とはいえ街灯は点《つ》いているし、何より歩き慣れた道だけあって、ものの数分でマンションのエントランスに辿りついた。

ここの八階に、社長の言う事務所があるのだ。偶然だか意図的になのかその隣は神野の自宅で、「はる」に転職する以前から一基はたびたび出入りしていた。

目的の階でエレベーターを降り、事務所玄関横のインターホンを押す。返事を待たず合い鍵を使って中に入ると、信川は南に面したリビングに当たる部屋のソファの上で書類を手にしていた。

「お疲れさま。フロアの方は大丈夫？」

「……お疲れさまです。特に問題はないですよ。昨日の動きで予想はしてましたけど、北原さん、真面目なだけじゃなく反応も早いですね。気が利くし客受けもいい。他のフロアスタッフともうまが合うようですし」

「そう。よかった、安心したよ。——ああ、荷物と上着はそこの椅子《いす》の上にどうぞ」

言葉通りほっとした表情を見せた信川に頷いて返して、一基は彼の向かいに腰を下ろす。

すぐさま差し出されたのは、ディナータイム直前までふたりで話し合っていたアンケート草案を印刷したものだ。

「ひとまず社長の許可は取りつけたよ。とはいえ、他店舗への協力願いや説明回収集計はこっちでやることになる。一号店についても店長と話をつけるように言われた」

「あー、社長なら言うでしょうねえ。ですけど、アンケート項目の中に自店舗の利になるものがありさえすれば一号店店長は受けてくれるでしょうし、集計に関しても手伝ってくれると思いますよ」

「だったら助かるね。――ところでここの項目、見てもらっていいかな」

どちらかが指し示した箇所を確認し、もう一方が意見を述べるという形でアンケート内容を修正していく。そのさなか、信川から驚くような話を聞かされることになった。

「まじですか。先週まで二号店勤務と六号店開店準備を並行してって」

「嘘じゃないって言うか、そうでもしないと進まないし終わらないからね。新店舗自体、結構急に決まった話だったし。ああ、でももちろん先週までは、社長がきっちりフォローしてくださってたんだよ」

「ですけど」

そういえばここ一か月、社長はあまり一号店の厨房に入っていなかったはずだ。二か月前の定例会議でも新店舗の話が出なかったことを思えば、正式に決まったのはそのあとだったのだろう。

アンケート修正を終えて、ひとまず社長にメール添付で送っておく。了承を得られたら早めに他店舗への協力願いをすることに決め、そのあとは六号店準備に関するこれまでの経緯《いきさつ》と現在の進捗状況確認を兼ねて、信川が時系列でまとめていた書類を見せてもらった。

「友部さん、時間だよ。そろそろ終わろうか」

ふいにかかった声に、一基は顔を上げる。時計を見ると、確かに一号店の閉店時刻を五分ばかり過ぎてしまっていた。

「あー、はい。わかりました。ところでアンケート案は持ち帰っても構いませんか?」

「駄目。見直しは社長からの返事が来てからにしよう。明日はゆっくり休んだ方がいい」

真面目な顔で却下されて、早々に諦めた。代わりに手元の資料を指して言う。

「了解ですが、もう少しだけ残らせてください」

「終わっていいよ。それ、ただの確認だろう? 急ぎでもないし」

「あと二ページで終わりにします。半端にするとかえって気になりますから」

意図的ににっこり笑って言い切ったら、信川は数秒黙った。短く息を吐き、さらりと言う。

「結構頑固なんだね。……了解としておくから、二ページで上がるんだよ」

「はい。お疲れさまでした」

「はる」に転職して以降、社長以外からこうした上司然とした物言いをされるのは初めてだ。懐かしいような物珍しいような複雑な気分を味わいながら、一基は信川を見送る。

今朝の約束を思い出したのは、予定分を読み終えた時だ。引っ張り出した携帯電話に長谷からのメール着信を認めて慌てて開いてから、肩透かしを食らった気分になった。

急用ができたので一緒に帰れない、という内容だったのだ。謝罪に続く「用がすんだらすぐ連絡する」との文字に気を取り直したあとで、約束を忘れていたことを反省する。

読み終えたファイルを所定の位置に戻したあと、からになった湯飲みをざっと洗い流してから、長谷にしては珍しい、と思い当たった。

自惚《うぬぼ》れではなく、長谷という男は一基との約束にはとことん律儀《りちぎ》だ。おまけに、昨日から――今朝にも今日の約束をとても楽しみにしていた。

何か、あったのだろうか。

ちらりと思ったものの、あえて深くは考えないことにした。

長谷には長谷のつきあいがあって当たり前だ。昨夜のように一基絡みで無駄に悩んでいるならともかく、それ意外で逐一突っ込んだり詮索したりするのはやりすぎだろう。

一基だって、長谷にすべてを話しているわけではないのだ。たとえば実家のことや家族のこと、前職のことで何かあった時は、事情を知る神野にこそまず相談するはずだ――。

戸締まりを確認し、上着を羽織って玄関先に向かいかけたところで、個人用の携帯電話が鳴った。長谷かと思いすぐ確かめてみると、そこには「神野」の文字が表示されている。

「よ。お疲れ」

『お疲れー。今どこ。ハルカんとこか？』

「いや、おまえんちの隣」

靴を履きながら返事をすると、通話の向こうで友人が「は？」と裏返った声を上げるのが聞こえた。

『何だそりゃ。仕事終わるなりすっとんで帰りやがったくせに……あー、それはそうとおまえ、腹減ってない？』

「減ったな。何か食わせてくれんのか？」

『夜食にうどん準備中。食う気ある？』

「ある。すぐ行く」

即答して、玄関を出た。きっちり施錠しておいてから、一基は隣の玄関ドアの前に立つ。インターホンを押すと、すぐに「入りな」と声が返った。

数年来出入りし、たびたび泊まった部屋だ。勝手知ったるとばかりに玄関を上がってリビングに入ると、神野はキッチンに立って忙しそうにしている。

適当に座ってろと言われたものの、多少は手伝おうとキッチンを覗いてみた。それで思惑を察したらしい神野に文字通り使われて、テーブルの準備は一基がやることになる。

じきに渡されたトレイに載っていたのは、いわゆる釜揚《かまあ》げうどんだ。ほかほかと、見るからに暖かそうな湯気を立てている。

「お、美味そう」

「美味いに決まってんだろ。それ、先に持ってっといてくれ」

言われるままトレイを運んで、それぞれの席に置く。遅れてやってきた神野が持ってきた数種類の薬味を真ん中に並べると、ふたりして夜食に舌鼓《したつづみ》を打った。

「ところで信川さんは？　まだ残ってるのか」

「定時で帰った。つーか、おれも初日から残るな帰れって粘られた」

「言いそうな台詞だな。で、ハルカはどうした。明日定休日なのに一緒じゃないのか」

真っ向から指摘されて、やっぱりそう思うのかと納得する。その上でさらりと言った。

「約束はあったんだが、急用ができたってメールが来た。終わったら連絡するってさ」

「……まじか。あんだけ気にしてやがったくせに」

「うん？」

うどんをつるんと口に入れた一基を眺めて、神野は豪快に箸《はし》を使いながら言う。

「おまえ、今日のディナータイム中、全然厨房覗かなかっただろ？　抜ける時も自分には言ってくれなかったとか、だったら事務所で信川さんとふたりきりなのかって、ハルカのヤツ変に暗かったぞ。青菜に塩ってヤツ」

「何だソレ。つーか、フロアじゃ北原さんに教えるのが優先だし、手が空いてんならともかく調理中に声かけるわけにはいかねえだろうが」

「正論だけど、少しはわかってやれば。信川さんと一基がふたりきりって状況であいつに気にすんなって言うのが無理だよ。開店前に社長から説明を聞いた時も、かなりすごい顔してたしさ」

「ふたりきり、って」

妙な単語が出た、と思った時にはおうむ返しに口にしていた。

顔を上げた神野が、やけにまじまじと一基を見る。少々呆れたように言った。

「間違いじゃないだろ。ハルカが気にしないわけがない」

「あー……いや待て。おれも信川さんも男だぞ」

「男のハルカとつきあってんのは一基だろ」

「いやそうだけど。ふつう気にすんのは女の子が相手の場合とかじゃ」

するっと口にした一基を眺めて、神野はとても残念そうな顔になった。

「ハルカの場合、一基と距離が近い相手ってだけで厭がるだろ。そもそも本人が性別問わずで恋人作ってたんだしさ。おまけに信川さんだし」

「信川さんだしって、何だそれ。失礼じゃねえか？　つーか、ハルカのヤツ、おれ相手にいつまであり得ない夢見てんだか」

今日一日だけの感触ではあるが、信川は仕事はもちろん他人への気遣いや配慮もできる落ち着いた大人だ。見た目からして、相手に不自由しているはずはない。

万一同性が相手でも構わないタイプだったとしても、一号店には神野や長谷がいるのだ。その中で一基に目を向けるような奇特な人間はそういまい。もとい、すでに長谷という奇特な人物がいた以上、確率的にあり得ない。

ひとりうんうんと頷いたあとで、真向かいに座った神野が行儀悪く頬杖をついてこちらを見ているのに気がついた。

「まあ、ハルカのことはいいとしてさ。――黙っててごめん」

「ん？　ああ、仕事の件か。おおかた社長から黙ってろって言われてたんだろ？」

今朝、社長宅に向かう前に目にした神野の、やけに申し訳なく後ろめたそうな顔を思い出す。おそらく、神野は信川たちが一号店に来ることも、一基が信川の補佐に回されることも知っていて、その上で言わなかったのだ。

さすが祖父と孫というのか、神野本人も人を出し抜いたり騙《だま》し討ちをかけたりするのが大好きだ。高校時代から大学卒業後に会社員をしていた頃にも、他愛のないものからそんなに暇かと言いたくなるようなことを仕掛けてきた。

社長と違う点があるとすれば、神野のそれがプライベートな場面に限りだったことだ。そのせいか、この友人は社長命令はきちんと聞くくせに無茶ぶりそのものには微妙に冷ややかに、呆れを含んだ顔を見せるのが常だった。

「っていうか、その前提での貸し切りだったから助っ人が信川さんと北原さんだったんだよ。一基が持ってきた話を都合よく使った感じ」

「別にいいんじゃねえの。実際んとこ助かったんだし」

昨日北原に指導していたからこそ、ランチタイムを気にせず外出できたのだ。神野や長谷にしても、いきなり今日来られるよりは動きやすかったはずだった。

「それはそうなんだけどさ。……一基、おまえつくづくじいさんに気に入られたよなあ」

やけにしみじみと言われて、何とも返事に困った。代わりに、ふと思いついて訊いてみる。

「そういや信川さんとハルカだけど、前は同じ店舗にいたんだって?」

「そうなのか。え、それ誰から聞いた?」

怪訝な声を上げて、神野は食べ終えた丼《どんぶり》ふたり分をまとめる。腰を上げシンクに片づけたかと思うと、湯飲みを引っ張り出しながら首を傾げた。

「確かにそうだったかも……けど、それにしてはあの二人、変によそよそしくないか?」

「あと、さ。ハルカって、独立か店長、希望してるのか?」

「うん、それね――って一基、それハルカから聞いたのか。いつ?」

驚いた声音は、明らかな肯定だ。どうやら神野も知っていたらしい。飲み込んだ事実に、何とも複雑な気分になった。

「本人は何も言ってねえよ。……ま、いいけどな。誰に話そうがハルカの自由だ」

「いや待てって。それ、僕も知らないってことになってるんだけど？」

「…………は？」

あり得ない返事に目を剝《む》いた一基をよそに、神野はふたつの湯飲みを手にソファへと向かう。席を立ってあとに続くと、リビングのソファに座るよう促された。

「知らないことになってるって、何だそれ」

「偶然の産物なんだけど、立ち聞きしたから。ハルカが『はる』に来て最初の試食会のあとだったと思うけど、じいさんに決死の覚悟って顔で言ってるのを聞いた」

「社長に？」

ソファに腰を落ち着けて、湯飲みを手に取る。緑茶のいい匂いにほっとしたあとで、少々気分がささくれていた自分に気がついた。

「そう。前に言わなかったかな、ハルカって就職直後から一号店勤務を希望してたんだけど」

当時はまだ社長が店長であり、メインシェフとしては四号店の店長が入っていた。一号店スタッフが厳選されていたのも事実で、入社したての長谷の希望が通る余地はまるでなかったのだそうだ。

ところが、長谷は諦めなかった。何度断られても社長の顔を見てアピールするのをやめず、成果を見せてみろと言われれば試食会に熱心に参加し、まったく諦めの姿勢を見せなかった。

長谷のその反応を面白がった社長が、何度目かの試食会のあとで長谷を呼んだのだそうだ。どうしてそこまで一号店にこだわるのかと訊いた。

その返事が、「独立するか店長になりたい、ついては一号店で働いてみたい」だったのだそうだ。

「僕が聞いてたのはハルカも知らないよ。じいさんには気づかれたけど、その場できっつく口止めされたし。……かなり前のことだけど、まだ気が変わってないわけだ」

「かなり前、な。条件は同じか」

「ん？　条件て何」

胡乱そうにこちらを見た神野は、見慣れた仕草で眼鏡を押し上げた。

「おれが直接聞いたわけじゃなくて、信川さんがそう言ってたんだよ。あいつが二号店にいる時に聞いたんだってさ。もちろんおれも知ってるだろうって口ぶりだったな」

「は？　あのふたり、そこまで親しかったのか？」

「知らねえよ。けど、社長に言ってたんだったら間違いはねえよな」

誰彼構わず話していたなら、社長から聞くまでもなく神野も知っていたはずだ。現に「ずっと一号店に入りたがっていた」話は恋人同士になるより前、神野の友人兼常連として出入りしていた頃の一基すら聞いていた。

要するに、独立や店長云々《うんぬん》について話す相手を、長谷は慎重に選んでいたわけだ。そして、同じ店舗にいた時の信川にそれを教えたということになる。

「けど、ハルカと信川さんて接点ないと思うよ？　四号店のシェフたちとは試食会でもよく話してるけど、信川さんとっていうのは見た覚えがないし」

「おれもないな。……そういや、四号店の面々には前の試食会で引き合わされたっけか」

以前の同僚だとかで、賑やかな一団に取り囲まれたのだ。こちらが顔と名前を飲み込んだのと同様に向こうも覚えてくれたらしく、たまに社長のお使いで出向いた時には必ず声をかけてくれるようになっている。

「気になるんだったら、直接ハルカに訊いてみれば？」

頬杖をついた神野に真面目な顔で言われて、一基は沈黙する。湯飲みの中身を口にして、それが冷めていることに気づく。

「いいや。やめとく」

「何で。昨日も思ったけど、信川さんへのハルカの態度って明らかにおかしいよね？」

「信川さんが苦手なんだそうだ。できるだけ近寄りたくないってさ」

「は？　あのハルカが、か？」

そう言う神野の顔は、露骨にあり得ないと言いたげだ。それへ、一基は頷いて返す。

「二号店にいた頃かららしいぞ。そのあと四号店に移ったっていうし、店長とか独立って思ってたのが途中で気が変わったのかもしれない。だったらわざわざ言わないだろ」

「そういう可能性がないとは言わないけどさあ、何か」

言いかけた、神野の言葉を遮るように携帯電話が鳴った。

時刻はそろそろ日付が変わる頃だ。たぶんと思いつつ開いた携帯電話には長谷からのメールが届いていて、それだけで何となく安堵する。

「誰。っていうか、ハルカ？」

「ん。用が終わったからウチ来たいってさ」

「あーそう。ご自由に。……そうだ、近いうちに北原さんと信川さんの親睦会やるから、一基も参加よろしく頼むよ」

腰を上げかけたところで言われて、一基は思わず友人を見た。

「了解、つーかおれはいいけどソレ大丈夫か。ハルカと信川さん、どうすんだよ」

「いざとなったら隔離するしかないだろ。その時は協力よろしく。できればそれまでにハルカのアレ、何とかしといて」

「何とかって、あのなあ」

「一基にできないんだったら僕には無理。手に負えないいね」

堂々とした宣言に、一基は思わずため息をつく。

「言うのは勝手だけどなあ……」

とりあえず、明日の休みは甘やかしてみるべきだろうか。微妙に悩みつつ、一基は親友宅を辞した。

帰り着いたアパートの自宅玄関前には、夜目のせいだけでなくひどく疲れた顔をした長谷がぼんやりと突っ立っていた。

珍しいものを見たような気がして、一基は敷地に入る直前に足を止めた。

日付が変わった真夜中とはいえ、アパートの敷地前の道には等間隔に街灯がある。さらにアパートの外廊下は朝まで煌々と明かりが灯《とも》っているため、その真下にいる男の顔つきはやや俯き加減になっていても読みとれた。

何か考え込んでいるらしく、長谷の視線は足元に落ちたままだ。睫《まつげ》の影が濃く落ちているため目元の表情は窺い知れないが、唇がきつく結ばれているのははっきり見て取れた。

あえて大きく歩き出すと、足音に気づいたらしい長谷はすぐさま顔を上げた。一基を認めるなりほっとしたように表情を緩める。素直すぎるその反応が嬉しい反面気にもなって、一基は大股に長谷の前に立った。

「……おかえりなさい」

「ん、ただいま。それと、おかえり」

言いざまに伸ばした手で、わしわしと長谷のこめかみあたりを撫でてみる。緩んでいたきれいな顔が、今度ははっきり笑みを作った。

「疲れてんな。大丈夫か?」

「大丈夫です。……一基さんの顔見たら、楽になりました」

「そっか」

こめかみに近い髪に潜らせていた手を上げて、高い位置にある長谷の頭をぽんぽんと叩く。抱きつかれる前にと玄関ドアを開け、先に長谷を押し込んだ。自らも中に入って施錠しドアチェーンをかけていると、ふいに頭上と肩と背中が重くなる。

長谷が、背中から抱きついてきたのだ。左の肩に落ちた馴染んだ重みは長谷の頭に違いなく、それがぐりぐりと動くのを感じて「おや」と思う。

疲れているというより、悄然としているわけだ。たとえば長旅から戻ってすぐに飛び込んだ自宅ベッドのような——あるいは真冬の出先で手に入れたカイロに近い扱いを受けている。どうやら、急用とやらは楽しくない結果に終わったらしい。

「おーい?　くっつく前に上がれって」

苦笑混じりに腹に回った腕を叩くと、かえってぐりぐりとすり寄られた。耳や尻尾が生えているんじゃないかと頭のすみで考えつつ、一基はそろりと手を伸ばす。肩に乗っていた頭をわさわさと撫で回してやった。

「……一基、さん」

名を呼ばれただけで肌が少々ざわめいてしまうのは、条件反射というものだ。何しろ長谷は無駄に声がいい。耳元で囁かれても腰が砕けなくなっただけマシだ。

「んー？　そういやおまえ、腹減ってない？　何か食うか？」

「いや満腹。……一基さんは、おなか空いてます？」

「いえ。さっき神のとこで夜食もらったし」

ぽつぽつと言葉を交わす間も左手を長谷の腕に置き、右手で彼の髪の毛をぐしゃぐしゃと撫でている。長谷目当ての常連客に見られた日には文句を言われること間違いなしの所業だが、そうしていると背中に張り付く気配から少しずつ強ばりが消えていくのが伝わってきた。

「お茶でも淹れてやるから適当に座ってろ」

「……はい」

声とともに、左肩から重みが消える。顔を向けた先、思い切り近くで目が合った。

いつもと違う目の色にどきりとした時には身体が反転し、驚きに声を上げるより先に顎を取られて、いつにない性急さで呼吸を奪われている。

「ん、ちょ――……っ」

制止の声は、深くなったキスに呆気《あっけ》なく食われた。最初から深く奥までまさぐるようなキスに、本能的に退けそうになった腰は強い腕で拘束されて、一基は靴も脱がないまま玄関先から動けなくなる。何がどうしていきなり、と当惑しているうちに、長谷の腕やキスに縋《すが》りつくような気配を感じた。

いつもと違う、とうっすら確信する。確かめるつもりで開いた視界の先、至近距離にある長谷の表情や目の色に焦燥があるのを知って、とたんに全身から力が抜けた。

「……、ん――」

しょうがないなと、すとんとそう思ったのだ。そのあとは、キスの直後から固まっていた腕を長谷の首に回して自分からも距離を詰めた。先ほど別の姿勢でやったように、恋人のさらりとした髪に指を入れ、無造作に撫でてやる。

触れた先から、長谷がびくりと動くのが伝わる。唐突に離れていったキスに少々面食らって瞬いていると、窺うように見つめる長谷とまともに目が合った。一基を抱き寄せる腕はそのままに、無言でじいっと見つめてくる。

言いたいことがあるなら言えばいいのにと、こちらも黙って見返した。数秒待ってみても表情すら動かさない長谷を怪訝に思って、つい首を傾げてしまう。

とたん、長谷はくしゃりと顔を歪めてしまったのだ。そのくせ、それ以上抱き寄せることも手を離すこともしない。

「あー……だから、だな」

そういうのは反則だろうと、思った。

こういう時には遠慮なく押せ押せで来るのが、本来の長谷だったはずだ。本人曰く当初は遠慮していたはずが気がついたら箍《たが》が外れているとのことだが、どうして今に限って「こう」なのか。

考える間も、長谷はじいっと一基を見つめたままだ。あまり見ることのない歪んだ表情と物言いたげな気配に負けて、一基は内心で「よし」と自分に発破《はっぱ》をかける。

長谷の頭を撫でていた手で、きれいなラインを描《えが》く頬を摑む。わずかに目を瞠ったタイミングを逃《のが》さず、両手を引くと同時に背伸びをした。

つきあって二年余りだというのに、一基は自分からキスするのが苦手だ。双方立ったまま、予告せず同意を取らずも初めてで、加えて身長差のせいでキスというより口をぶつける勢いになる。

「……っ、かずき、さ――」

一瞬ブレて離れかけた唇が、今度は向こうから寄ってくる。強い力で後ろ首を摑まれたと思ったら、先ほどの続きのようにキスが深くなった。

呼吸すら許さない勢いに溺《おぼ》れているうちに、ぼすんと覚えのある感覚が背に沈む。あれ、と瞬いた視界のすみにベッドサイドテーブル代わりにしている椅子とその上の目覚まし時計が映って、いつの間にと目を瞠る羽目になった。

「ん、ちょっ……ハルカ待て、靴っ――」

長くキスしていた気はするが、どのくらいそうしていたのかは意識にない。けれど、まだ靴を脱いですらいなかったのは確かだ。なのに、どうして一足飛びにベッドの上で、長谷にのしかかられているのか。

いや、のしかかられているのはいいとしよう。長谷が泊まっていくということはつまり恋人らしい時間を過ごそうという意味であって、一基にもそれなりの気構えはある。あるがしかし、せめて土足厳禁は遵守していただきたい。

しつこく続くキスの間に切れ切れに訴えると、額がぶつかる距離にいた長谷に少しばかり呆れた顔をされた。

「靴なら脱ぎましたし脱がせましたよ。一基さんちで土足とか、できるわけないでしょう」

言いざまに顔を伏せたかと思うと、喉元に吸いつかれた。

そういう認識なのか、と他人事のように思ってから、ふと気づく。そんなことよりと、自らの首のあたりに伏せていた顔を両手でがっと摑んで引っ張った。

予想外の行動だったらしく、呆気ないほど簡単に先ほどと同じ距離に長谷の顔が来た。それを、一基は遠慮なくまじまじと眺めてやる。

「一基さん？　何――」

「いや、大丈夫なのかと思ってさ」

「え」

いったい何があったかと、追及する気は失せていた。

恋人同士とはいえ、一基も長谷も四捨五入すれば三十だ。昨夜のような一基絡みでの思い込みなら強引にでも吐かせるが、個人的事情を言うかどうかはあくまで長谷本人の判断だろう。「今、何か悩むところがある」ことをこうして教えてくれているのなら、あとは本人が決着をつけるか自ら言ってくるのを待つだけだ。

……信川や神野から聞いた、長谷の目標に関しても。

「一基さん、……俺のこと好きですか」

「ん？」

じっと見下ろしていた長谷から唐突に言われて、一基は目を丸くする。

直前の一基の質問は、どうやら丸ごと無視されたらしい。代わりに投げられた問いは馴染みのものだが、ここで言うのは脈絡がなさすぎないか。

さすがに少々むっとしていると、眉尻《まゆじり》を下げた微妙な顔で長谷はさらに言う。

「一基さんは、俺の恋人ですよね？」

「おい？」

「そうですよね？　そうだって、言ってくれませんか」

「……ハルカ？」

畳みかけるように言われて、つまりまだ大丈夫ではないのだと察しがついた。同時に、何がどうしてそこまで気になるのかと思う。

口喧嘩以前のじゃれあいで、長谷から言葉をねだられることならしょっちゅうある。けれど、ここまで縋りつくように言われたのは、いきなりやってきた一基の末の弟がひと騒動を起こした時以来だ。

「恋人じゃなかったら、とっくに蹴り出してるが？　つーか、好きでもない男におとなしく下敷きにされてると思うか？」

「………………」

とはいえ、素直に口に出せるかと言えば話は別だ。もとい、恋人期間が長くなればなるだけ、かえってそういう台詞を言うにはハードルが上がっている気がする。

無言で見下ろしてくるだけの長谷に、やはり遠まわしすぎるかと反省する。数秒悩んで、一基はよしとばかりに腕を伸ばした。上にあった長谷の首にしがみつき、この際とばかりにぐいっと抱き込んでやる。

いきなりのことに驚いたのか、長谷が「えっ」と声を上げる。その顔が自分の耳元に埋まっているのを確かめて、一基はどうにか言葉を絞った。

「ちゃんと好き、だからな。余計なこと考えんなよ？　大丈夫だからな」

首から頭に手を回し、さらりとした感触を確かめるようにわしわしと撫でてやる。最初は硬くなっていた長谷の身体が柔らかくなってくるのが、触れた体温越しに伝わってきた。

吐息に近い声で、名を呼ばれる。耳元に触れる吐息と体温に、背すじが大きくぞくりと震えた。心得たような意図的な動きで耳朶を舐《ねぶ》られて、反射的に身を捩《よじ》った時にはもう強い腕に腰ごと囚われている。

「ハルカ、おま、いつの間に……っ」

「そっちじゃなくて、ヨウ、です」

先ほど一基が頭を抱えた時点では、長谷の腕は両方ともベッドの上だったはずなのだ。なのに、気がついたら深く抱き込まれていた。

当然のように顎を取られ、制止の声ごと唇を奪われる。先ほどの続きのようにいきなり深くなったキスは不意打ちすぎて呼吸が続かず、反射的に上になった肩を叩いていた。

わずかながらに首を振り喉の奥で唸《うな》っていると、さすがに気づいたらしく重なっていた唇がずれる。隙間からどうにか呼吸する間すらも緩やかに動く舌先で唇をなぞられて、いくら何でも余裕がなさすぎないかと呆れた。

それが、露骨に目に出てしまったらしい。きょとんとしたふうに瞬いた長谷が、何かを思い直したように顔を離した。指先で一基のこめかみを撫でながらふんわりと笑う。

「俺は大丈夫ですよ？　一基さんが、ここにいてくれますから」

その台詞と、至近距離で見せられた蕩けるような笑みに、わずかにあったはずのむかつきや反発がきれいに蒸発した。

全面降伏の気分で、一基は短く息を吐く。その吐息を追いかけるように、もう一度呼吸を奪われた。とはいえそれは先ほどのような性急なものではなく、二重の意味で全身から力が抜ける。

二度、三度と歯列を撫でた舌先が、するりと奥まで割って入る。応じて伸ばした舌先を取られ、角度を変えて深い場所まで探られる。息苦しさに思わずこぼれた喉声までも搦め捕るようなキスに、頭の中がじわりと滲《にじ》んでくるのがわかった。

気恥ずかしいので一度も言ったことはないが、長谷とのキスはかなり好きだ。舌が触れ合う感覚や伝わってくる体温に、落ち着かなくなるくせにほっとする。執拗すぎて、息ができなくなって助けろと言いたくなることも多いのに、そうまでして欲しがられていることに胸の奥がじわりと温かくなってくる――。

「ん、ぅ……っ」

いつになく長く舌先で探るキスに、思考までもがかきまぜられる。それまで頭にあったことがジグソーパズルの断片のようにばらけて、まとまりを失っていく。無意識に長谷の肩や首に縋っていたはずの指が、小さな音を立ててシーツの上に落ちていった。

一基さん、と呼ぶ声がする。焦点が合わないままぼうっとしていると、頰を撫でた指にこめかみから目尻を撫でられる。馴染んだ体温が心地よくて擦《す》り寄るように顔を寄せると、かすかなため息が耳に届いた。

「一基、さん――」

語尾を吹き込むように、もう一度唇を塞がれる。リップ音を立てて離れていったキスが、顎から頬へ、耳朶へと移ったかと思うとやんわりと歯を立てられた。腰に回った手のひらに、チノパン越しの膝や腰骨のあたりを撫でられて、肌の底がじわじわと熱を帯びていく。

いつもと同じだと思った行為に違和感を覚えたのは、はだけたシャツの隙間を執拗なキスと指先で埋められた時だ。

鎖骨のあたりをきつく吸われて、かすかな痛みに肩が動く。その肩をやんわり撫でて下りた手のひらが、肘から胸元へと動いてそこだけ色を変えた箇所を撫で上げた。ざわりと揺れた感覚を追うように繰り返しなぞられて、その箇所が芯を帯びていくのがわかる。

「……っ、ん――」

引っ張られた襟《えり》が、大きくはだけられる。肩を抜かれて留まったシャツに窮屈さを覚えたものの、その思考は鎖骨から尖った箇所に落ちたキスに飲まれて消えた。同時にチノパンの上から脚の間を辿られて、知らずびくびくと腰が揺れる。

その全部を、いつになく性急で強いものに感じた。

それでも抵抗しなかったのは、長谷のキスや手のひらが乱暴ではなかったからだ。性急さや強さが、一基の中の何かを確かめているように思えたからだった。

「ヨ、ウ……っ」

こぼれた声を惜しむように、深いキスをされる。喉の奥まで探るようにされて呼吸を詰めているうちに、下着ごとチノパンを引き下ろされた。今の今まで手のひらと指先で探られていた箇所は後戻りのできない熱を帯びていて、一基は短く呼吸を止める。

無意識に立てていた膝を、強い腕で開かれる。遠くなった吐息を惜しむ間もなく、膝の内側にキスをされた。過敏になった肌のざわめきをなぞるように舌を這《は》わされて、無意識に動いた腰を引き戻される。逃げる暇も場所もないまま、熱を帯びた箇所を深いキスで含み取られて、喉の奥から悲鳴がこぼれた。

「……っあ、——っ」

殴りつけられたような悦楽に、上げたはずの声が音になる。意図せず伸びた指が、長谷の髪を掴む。左右に振った頭の動きに合わせて、耳元で髪の毛が音を立てた。

底の浅い海で、溺れているようだった。呼吸できるはずなのに、胸が詰まって酸素がうまく入らない。ばたつかせたはずの手足がやけに重く、思うように動かない。その間にも、寄せ返す波が頭上を越えて逃げようのない波にさらわれる。

肌の底に溜《た》まった熱が、さらに濃縮されて温度を上げる。吹き出す勢いで駆けあがって、頂上まで追い詰められる。もう、どこにも逃げられない——。

「——、……！」

頭の中で、何かが爆発したようだった。肩で息を吐きながら放心していると、目の前に落ちてきた影に唇を奪われる。息苦しさに横に振った顎を取られ、酸欠になるかと思うほど深くまさぐられた。

「一基さん、……大丈夫?」

「ん、——」

囁く声に顔を上げて、どきりとする。真上から見下ろす長谷と、まともに目が合った。今さら起こった羞恥に息を飲んだあとで、見下ろす視線がどことなく不安そうだと思った。とたん、何となく微笑ましい気分になる。

「んー……ヨウ、こっち」

「はい?」

声だけで呼んだのに、長谷は律儀に顔を寄せてくる。力の抜けた指でさらりとした髪を摑んで引っ張ると、顎を上げて一番近かった頰に唇を押しあてた。

「おまえは、大丈夫か?」

「……はい。すみません、何か、その」

「いいよ。おまえだし」

ぽろりとこぼれた声は、本気の本音だ。そのせいか、頰が緩んでいるのが自分でもわかった。

返事の代わりのように、もう一度唇を啄まれる。緩やかに深くなったキスの合間、ようやく持ちあがった腕を長谷の首に回してしがみつく。直後、優しいけれど強引な腕に膝を摑ま

れた。

「一基さん、……好きですよ」

「……ん、っ――」

もう馴染んだやり方で、腰の奥を割り開かれる。何度体験しても慣れない感覚に、全身がざわりと粟立《あわだ》つのがわかった。優しい手にそっと背中を撫でられ辛うじて緊張を緩めるたび、さらに深い場所まで求められる。辛抱強い緩やかさは一基への気遣いに違いなく、その方が楽なのもわかっているのに途中で焦《じ》れったくなってくるのもいつものことだ。

「平気ですか。……苦しくない？」

額同士をぶつける距離で問われて、つい視線を逸らしてしまう。それでもはっきり頷くと、苦笑混じりに「こっちを見てください」と言われてしまった。頑《かたく》なに視線を余所《よそ》に向けている間に長谷が笑った気配がして、直後緩やかな波に飲み込まれていく。

「……っあ、――」

耳元で名前を呼ぶ声に、反射的にしがみつく。耳朶から顎の付け根をなぞったキスが、頬を伝って唇に届く。そのまま深いキスをされて、全身が痺《しび》れたような気がした。

奥まで穿《うが》たれた箇所から、怖気《おぞけ》がするような悦楽が生まれる。背中を抱くように肩を摑んだ腕は強く、知らず背中が大きくしなる。あとはもう、身動きが取れないまま揺らされるだけだ。

繰り返し、名前を呼んでくれる声だけが頼りだった。力の抜けた指先で、それでも一基は触れる肩を必死に掴んだ。


翌朝は、水を使う音で目が覚めた。

枕に顔を埋《うず》めたまま、一基はぼうっと思案する。この枕は愛用のものだから、ここは自宅だ。そして一基がここでのんべんだらりとしている以上、キッチンを使っているのは長谷に決まっている。

そこまで考えて、ようやく全身がやたら重怠《おもだる》いのに気がついた。身動《みじろ》ぐなりそこかしこで走った痛みとも軋《きし》みともつかない感覚もある意味馴染みのものだが、今回はいささかきつい。

——そういえば、昨夜の長谷はいつもとどこか違っていたのだ。昨夜の最初のキスと同じで、どことなく縋りつくような雰囲気があった。

もぞりと動いて布団から顔を出すと、キッチンに立つ横顔が目に入った。毎度のことながら長谷は楽しそうに包丁を使っていて、そのことにひどくほっとする。

「……あ、目が覚めました？　すぐ朝食できますけど、起きられます？」

枕に横顔を埋めてぼうっと眺めていたら、早々に気づかれた。ん、と喉の奥で声を上げて、一基は言う。

「起きるから、おまえ向こう向いてろ」

「えー……またですか。別にいいじゃないですかー」

「馬鹿たれ。いいかどうか決めるのは、おまえじゃなくておれだっての」

「今さらだと思いません？　だって、昨夜だって俺、さんざん見て――」

「あぁ？」

ぎろりと睨んだついでに、今の今まで頬をつけていた枕をひっつかむ。一基のその様子を目にして、長谷はわざとらしく顔だけ向きを変えた。それを横目に、一基はもぞもぞと布団の中を移動する。

恋人同士で、男同士だ。今さらだという言い分も、わからないではない。ないがしかし、だからいいだろうと言われてもこればかりは許容できない。意固地《いこじ》なまでのこだわりだと自覚はしているが、譲るつもりはなかった。

もぞもぞと着替えをすませてローテーブルの前に移動すると、すでにそこでは朝食の準備が終わっていた。湯気を立てる味噌汁とごはん、焼き魚にだし巻き卵とお浸しという和食メニューに内心で浮かれていると、間を置かず長谷がトレイを手にやってくる。目の前にとんと熱いお茶を置かれ、揃って手を合わせて食事にかかった。

「一基さんに、相談があるんですけど」

そう切り出されたのは、食後のコーヒーを飲んでいる時だ。

ソファに沈んだ格好で「うん？」と顔を向けた先、やけに緊張した顔の長谷と目が合う。瞬いた一基を見たままふと口を噤《つぐ》む様子に、怪訝に思ってしまう。

「……ハルカ？　相談って、何――」

「前から何度か言ってましたけど。そろそろ一緒に暮らしませんか？」

「は？」

ようやく言う気になったか、と思っただけに虚を衝かれた。真面目な顔を崩さない長谷をしばらく黙って見つめてから、一基は小さく息を吐く。

「あー……こっちも前から言ってるよな。そこまでする必要はねえだろ」

「一基さん、四か月先まで新規店舗の手伝いに入るんですよね。一号店フロアよりそっちが優先なんですよね？　このアパートと俺のアパートだと方向違いだし、そうなると会ったり話したりできなくなるじゃないですか」

「けど四か月もすりゃ元通りなんだし、そもそも時間が許す限り一号店の様子は見に行くんだ。勤務時間はずれるにしても事務所はすぐ近くなんだし、休日も一号店と同じだろ。帰りに会うも休み前に泊まりに来るも、今まで通り好きにできるんじゃねえのか？」

呆れ気味に目を向けた一基に、長谷はしかし物言いたげな表情を隠さない。

「でも、毎日会えるとは限らないですよね？」

「そん時は電話でもメールでも使えばいいだろ」

同じ店内で働いているとはいえ、一基はフロアで長谷は厨房だ。接点はカウンターのみだし、仕事中は互いに同僚として振る舞ってもいる。四か月は少々長いかもしれないが、そのくらい辛抱できるはずだ。

声にしなかった思惑を察したのか、顔を顰めた長谷にゆっくりと言った。

「だいたい引っ越して同居して、それをどう説明すんだよ。社長にとってのおれとおまえは、あくまで一号店で知り合って同僚として親しくなった同士だぞ」

たとえば大学生同士だとか就職したてだとか言うならまだ、いい。経済的な問題で同居したとでも言えば、誰でもあっさり納得してくれるだろう。あるいは十年以上つきあいがある親友同士で、どちらかの都合で一時同居することにした——というのも、説明さえうまくできればアリかもしれない。

けれど、一基と長谷は知り合ってまだほんの数年だ。おまけに、恋人同士になる直前までは神野を始めとした一号店スタッフ公認の犬猿の仲でもあった。加えて年齢がどちらも三十前後となれば、いかに親しくなったとはいえ同居に至るのは不自然ではあるまいか。

淡々と指摘すると、長谷は微妙な顔になった。それへ、一基は続けて言う。

「社長が戻ってくる前に同居してりゃ、まだ誤魔化《ごまか》しようもあっただろうけどな。どっちかがいきなりアパートを出るしかなくなったんで暫定的にとか言って始めて、引っ越すのが面倒になったからどっちかが結婚するまで現状維持、とかさ」

「じゃ、じゃあ、今からでもそのやり方で」

「おまえそれ、社長に言えるか？　つーか、あの社長だったらあっさり寮使えって言ってくるんじゃねえの」

どうやら返す言葉がなくなったらしく、俯き加減に長谷が黙る。不満と拗ねと、それとはまた別の感情を含んだ顔で、物言いたげに一基を見た。

これまで何度となく長谷から持ちかけられた話だ。とはいえ長谷の言い方は「そうなれば儲《もう》け物」というレベルだったし、一基の「無理」の一言で流れてもいた。

ついでに言えば、社長の無茶ぶりで一基が一号店フロアから離れた仕事をするのはそう珍しいことではないのだ。にもかかわらず今回に限って長谷の物わかりが悪い理由は四か月という長丁場であることと、もうひとつ。

「信川さんのことが、そんなに気になんのか？」

「……、それは」

「向こうも仕事で来てるだけだし、そもそも四か月限定だぞ？　一号店ってより社長んちに出入りするんだろうし、あんまり気にしない方がいいんじゃないのか」

顔や態度に露骨に出るほど苦手なら、長谷の側から避けてしまえばいいのだ。信川も、用がなければ一号店内まではまず踏み込んでこないだろう。

「——そんなの、無理ですよ。いや俺はそれでいいですけど、でも一基さんが」

言いかけた頬を、左右同時にむにっと摘んでやる。戸惑ったように黙ったのへ、苦笑混じりに言う。

「んじゃ、毎日——は無理だろうがなるべく一緒に帰るようにするか。んで、休み前日はどっちかの部屋に泊まる。それなら一緒にいる時間も確保できるよな？」

近い距離で言ってやったら、長谷は目を丸くした。ややあって苦笑し、それでもまだ迷うふうを見せる。

「……できるだけ、信川さんに近づかないようにしてくれます？」

「おう。つーか、そもそも近づく理由がないな」

「あと、ふたりっきりになったり、一緒に出かけたりするようなことは避けてほしいんです。その、外食とか飲みに行ったりとか」

「了解だ。けど、仕事上どうしようもない場合もあるってことはおまえも飲み込んどけよな」

即答したついでに釘を刺すと、長谷は納得したようなしかねるような、とても微妙な顔をした。あえてじっと見返した一基に根負けしたのか、諦めたようにぽそりと言う。

「ここの合い鍵、貰えませんか」

「合い鍵？　どうすんだ、そんなもん」

「時間を気にせず待てます。昨日みたいにアパートの前で待つのも、場合によっては困ることもありますし」

「……あー……」

言われて、ようやく思い至る。そういえば以前、一基が長谷のアパートの前で待ち伏せていた時、近所の住人から思い切り不審人物扱いを受けたことがあったのだ。

一基の仕事が少々変化したとはいえ、基本的には同じ職場だ。そこまでしなくても、と思わなくはないけれど、何もかも却下するのもあんまりだろう。何より、そこまで長谷が気にするのなら——合い鍵を渡すことで少しでも落ち着くなら、それでもいいかと思えた。

「ん、わかった。合い鍵な、すぐ取ってくるから」

言いざまに腰を上げようとしたら、手首を強く掴まれた。反射的に振り返ると、長谷は相変わらず真剣な顔で言う。

「すみません、俺は今、持ってないんで……あとから取ってきます」

「了解。だったら今からおまえん家《ち》行くか？　途中でＤＶＤとか借りてさ。あと、せっかくの休みなんだし、久しぶりにシンのとこに顔出しに行ってみるのもいいよな」

「それはちょっと。と言いますか、一基さん、うちまで歩けると思ってます……？」

窺うように言われて、はたと我に返る。そういえば、部屋着を取りに行くにも着替えるにも、そしてこのテーブルに着くにも往生したのだ。這っていようが少々妙な姿勢になろうが自室内ではさほど問題はないが、それで外出や夜遊びに行くのは微妙すぎだ。何しろ、途中で居たたまれない思いをするのが目に見えている。

「あー……うん、わかった。んじゃ、鍵の交換は明日な。シンのとこはまた近いうち、おれがフロアに入った日にってことで」

「鍵の交換は今日中にしたいですし、買い物もあるのでDVDを借りがてら俺ひとりでうちに寄って取ってきます。もう少しあとで出ますから、一基さんは観たいのをピックアップしておいてください」

素直に頷くと、長谷は嬉しそうに笑った。ついでのように一基の目尻にキスすると、「じゃあ片づけてきますね」と言い置いてキッチンへと向かう。

……だからどうして長谷というヤツは、こうも気障《きざ》というか不意打ちというか、こちらの方が恥ずかしくて蒸発したくなるような真似を平然とやらかすのか。

恋人になって二年余りが経っても解明されない謎を持て余しつつ、一基はソファに凭れかかる。その時になってようやく、気がついた。

「——れ？　いつ交換になったっけ」

確か、長谷に合い鍵をねだられたのが始まりだったはずだが。

疑問に首を傾げながら、一基は首を竦める。それで長谷が安心するのならいいかと思い直して、キッチンに立つ恋人の背中を眺めた。

4

事前予想というものは、外れるものだ。ことに、さほど親しいとは言えない相手の行動への予測は、覆されて当然と言える。

問題は、それで納得できるか否か、なのだが。

「北原さん、悪いけどプレート出してきてもらっていいか？」

「はーい、わかりました！　すぐ行きまーすっ」

ふたつ返事をした北原が店の出入り口へ向かうのを見届けて、一基は店内の点検にかかった。

洋食屋「はる」一号店のラストオーダーは二十一時で、閉店は二十二時になる。ぎりぎりで来店した客に合わせて十分十五分の延長になる場合もなきにしもあらずだけれど、今日は定刻五分前に最後の客が席を立った。おかげで、テーブルの上はすでに片づいている。

「友部さん、テーブルチェック終わったのでモップ入りますね」

言うなり手際よくモップをかけ始めたのは、ディナータイムアルバイト大学生の瀬塚《せづか》だ。絢子の大学の後輩だという彼女は控えめで口数が少ないのに、意外なほどよくフロアを見ている。

「うん、よろしく……ああ、北原さんも瀬塚さん手伝ってやってくれ。その方が早いだろ」

「はあい、すぐにー」

「――あー、いや待て！　北原さん、走らなくていいからっ」

出入り口の施錠を終えて戻った北原が文字通りすっ飛んで行こうとしたのへ、即座にストップをかける。「あっ、了解です！」との声とともに歩調を緩めた彼女を眺めて、そういえば四号店店内は一号店の三倍近い広さだったようなと思い出した。

……なるほどあの広さを最小限の時間で片づけようとすれば走った方が効率はよさそうだ。

納得しつつ、けれど一基はモップを手に戻ってきた北原に一応声をかけておいた。

「北原さん、熱意はありがたいんだが無理はするなよ。転んだら怪我《けが》するぞ」

「はあい。でもわたし、転んでも怪我しないのが特技なんですけどー」

「ここは四号店より狭いぞ。テーブルにぶつかって怪我でもしたらどうする」

社長自慢の年代物のテーブルは、呆れるほど頑丈なのだ。バイト時代、ドジって脚にぶつかり盛大な青タンを作った過去を持つ身としては、とにもかくにも注意と言っておきたい。

もののついでとばかりに軽く自らの経験を伝えると、北原は神妙な顔で一基を見て「わかりました、気をつけます」と返してきた。小柄なその背中が慎重なスピードに変わったのを確かめてほっとしたところで、背後から声がかかる。

「確かにここのテーブルって年代物だよね。ぶつかったら相当痛そうだ」

「――信川さん？　さっき帰られたんじゃあ」

「ちょっと確認したいことがあってね。仕事中に悪いけど、三分だけいいかな」

振り返った先、壁に凭れて立つ信川は、当然ながら完全な私服だ。そもそも小一時間ほど前にここ一号店フロアにやってきた時点で仕事上がりで、あとは帰るばかりだと言いつつ見学を希望してきた。

ちなみに、彼が見学と称してフロアにやってきたのは今日が四度目になる。

（新店舗の勤務体系を考えてるんだけど、デスクに向かうより現場を見ていた方がアイデアが浮かぶんだよね。絶対にフロアの邪魔はしないってことで社長と神野店長の許可は貰ってるから、見ててもいいかな）

信川から初めてそう声をかけられたのは十日ほど前、一基が彼の補佐になった翌々日のことだ。

その時、一基はディナータイムから入ったフロアにいた。立て続けのレジ精算をこなし客を見送ったあと、ほっと一息ついたところでスタッフの出入り口になる通路に立つ信川に気がついたのだ。

社長は不在だったけれど、神野は厨房にいた。念のため視線を向けた先でカウンター越しに頷かれてそれならと迎え入れたのだが、信川はいつも空気のようにすみにいるだけで、見事なことに客にすらほとんど存在を悟らせない。一基にしても、出入りの時にかけられる言葉で「そういえばいた」と思い出すくらいだ。実際のところ、今声をかけられた時には「いや今日は先ほど帰ったはず」などと再確認してしまった。

「わざわざ戻ってこられたんですか。電話かメールでもよかったんですよ？」

「電話だとフロアの状況が見えないし、メールだと時間外になる。それだと申し訳ないからね。で、アンケートのここなんだけど」

ここ十日ほどのつきあいで、信川が三分と言えば間違いなく三分で終わることは理解している。紙片を見ながらの信川の説明は内容も主旨もごく的確で、おそらく三分を切る勢いで話は終わった。

「わかった、そういうことだったらいいんだ。——邪魔して悪かったね」

「いえ、こちらこそお手数おかけしました。お疲れさまでした」

「うん。あと少し、頑張って」

得心顔でにこやかに通用口へと向かう長身を見送りながら、ふっと視線を感じた。深く考えず目を向けた先にはとても厭そうな顔をした長谷がいて、今さらに「そういえば」と思い至る。ちなみに長谷はと言えば、一基と目が合うなり表情を微妙なものに変えていた。

何とも言えない気分のまま、目顔だけで「とっとと仕事しろ」と伝えると、長谷の顔はすぐさまカウンター向こうに消えていった。

——やましいことなど何ひとつないのに、どうしてこんな思いをせねばならないのか。

ため息を押し殺して、片づけを終えた女の子たちを先に更衣室へと促す。テーブルを回って最終チェックしていると、厨房から出てきた神野から声をかけられた。

「お疲れ。信川さん、出戻ってたけど何だって言ってた？」

「アンケートのことで気になる箇所があったんだと。明日でもいいようなもんなのに、律儀だよな」

「明日は仕事上がりに親睦会で、明後日には各店舗に配るんだよね？　だったら気づきは早急に潰しておきたいんじゃないの」

　言われて、それもそうかと思い至る。

　明日の親睦会は歓迎会を兼ねていて、北原だけでなく信川も主役だ。そして、明後日の店舗回りはすでに決定事項として、該当の店長に連絡済みでもある。どちらも都合が悪いから延期というわけにはいかない。

「それはそれとして、おまえ今夜は時間ある？　よかったらウチに飲みに来ない？」

「あー、悪い。今日は先約があってだな」

「ああそうなんだ、了解。じゃあまた今度ね」

　間髪を容れず了承されて、一基は思わず胡乱に友人を見る。

　神野は首を竦めてちらりと厨房を見た。

「どうせハルカとだろ？　ま、頑張んな。今日は二回顔出したから、たぶん倍機嫌が悪くなってるんじゃないの」

「…………おう」

笑いながら肩をどつかれ、そのまま神野と連れだってフロアを出た。着替えをすませて出てきた女の子たちを挨拶がてら見送って更衣室兼休憩室に入ると、後を追ってきたように長谷も戻ってくる。

仕事終わりに三人揃って着替えるのは久しぶりで、妙に懐かしい気分になった。それは一基だけではなかったようで、通用口を出て別れた神野も、最寄り駅へと肩を並べて歩く長谷もどことなく和やかだ。

「でも一基さん、大丈夫ですか？　ずっと忙しくしてた上に明日も親睦会なのに、今日これから遊びに行くって」

「行く気満々なとこに水差すんじゃねえ。前に約束しただろーが。それに、シンや穂《みのる》の顔も見たいしな」

前の休みの時に叶《かな》わなかった夜遊びに、今日こそ行くつもりでいたのだ。信川の補助になって以降、新店舗の状況把握やアンケート内容の詰めに追われて一号店の閉店後にまで事務所に出向く日々が続いていたため、正直とても息抜きがしたかった。

「シンや穂の顔が見たい、ですか」

「そこ突っ込むか。つーか、それ以前におまえとの約束だろーが」

結果的に、プライベートで長谷と顔を合わせる時間がなかなか取れなかったのだ。その埋め合わせと互いのストレス発散を兼ねて、わざと夜遊びを提案した。

少しは察しろとばかりにじろりと見上げてやると、乗り込んだ電車のドア前で隣に立った長谷はくすんと笑って一基を見た。

車内は混んでこそいないものの、ふたりが並んで座れる空きは見あたらない。そんな中、間近できれいな笑みを向けられて、一基は危うく硬直しそうになる。

「ありがとうございます。嬉しいですよ」

「……別に、礼言われるようなことじゃねえだろ」

顔を合わせたままだとまずいことになりそうな気がして、わざとあらぬ方角にそっぽを向く。隣の恋人がまだ笑っているのは、気配だけで明白だ。さらに言うなら、周囲にいる女性たちの見とれるような視線からも察しがつく。

つきあって三年目で言うのもどうかと思うが、そういう台詞を素面で、しかも満面の笑みとともに言ってのけるのは、やはり経験値というものだろうか。きっと、一基には十年後であっても無理な芸当に違いない。

幸いなことに、沈黙が長くなる前に電車は目的の駅に入った。肩を並べてホームに降りると、一基は長谷とともに改札口へと向かう。

本日の目的地になるバー「Magnolia《マグノリア》」は、この駅に近い繁華街の外れにあるのだ。現在は長谷の友人のシンがマスターを務めるその店は、学生の頃から長谷にとっては行きつけであり、就職してからも週に二度は顔を出していたという。

長く常連として出入りしているだけあって、「Magnolia」での長谷の顔は広い。今日も顔を出すなり、そこかしこから「ハルカだ」「久しぶり」との声がかかってきた。

「一基さん、すみません。ちょっと」

「ん、行ってきな。おれはカウンターにいるから」

一言断って離れていく長谷を見送って、一基はカウンター席へと向かう。

落ち着いた色彩と観葉植物でまとめられた店内の照明は、あえて落とし気味に統一されている。BGMも絞られているが、誰かと話す時に邪魔にならず、けれどひとりでいる時に耳に心地よい。そういうさりげない部分も含めて、初めて長谷に連れてこられた時から一基はこのバーを気に入っていた。

「いらっしゃい。ハルカは、——ああ。もう捕まりましたか」

「久しぶりだし、しょうがないんじゃねえの。……ってあれ、穂は？　今日は休みなのか」

カウンター端のいつもの席に着くなり声をかけてきたのは、ここ「Magnolia」のマスターであるシンだ。それへ軽く返事をしたあとで、違和感を覚える。カウンターのこちら側は、穂の定位置だったはずなのだ。

「上です。切らした酒があったので、それを取りに。すぐ戻ってくると思いますよ。……で、オーダーどうします？　いつものですか？」

「いつものだけど、穂に頼むからまだいい」

「そう来ますか。一基さんは、俺の酒は飲みたくないと？」

軽く眉根を寄せたシンは、いわゆる長谷の類友だ。成人男性の平均ほどの身長の一基がやや見上げる長身とやや目尻が下がっているせいで甘く見える端整な面差《おもざ》しには、それこそそのモデルか芸能人かといった雰囲気が備わっている。シン目当ての常連客が多くいるというのも納得の容貌は少々機嫌を損ねていても「きれい」で、いつ見ても感心してしまう。

「そうは言ってねえよ。穂の酒が飲みたいだけだ」

「そうですか。でしたら、一基さんには穂にオーダーしてやってほしい酒があるんです」

短くシンが口にした名称は、一基が初めて聞くものだ。

大学時代から飲み会となると居酒屋を好んで使っていた一基は、ビールや日本酒の銘柄には明るい代わりにカクテルや洋酒の類はほとんど知らない。さらに言うなら、そういうものはここで飲むので逐一覚える必要性も感じない。

「へえ。それ、美味いのか？」

「一基さんが好きそうな味だからって、穂がレシピを覚えてこっそり練習してるんですよ。もちろん初回なので試飲扱いで、料金はいりませんから」

「そうはいかねえだろ。商売なんだから金は取れって」

一基の突っ込みにシンが苦笑した時、背後から「ただいま戻りました」と声がした。

よく知った響きに、おやと一基は振り返る。と、二メートルばかり背後にいたお仕着せの青年——ここのスタッフであり、一基にとって年下の友人でもある牧田《まきた》穂と目が合った。

「……一基さん！　いらしてたんですか？」

ぱあっと、穂は満面の笑みを浮かべた。シンに劣らず整った顔立ちのはずが妙に親しみを覚えるのは、大学卒業から一年が過ぎても高校生に見えそうな童顔のせいだろう。

「おう、お疲れ」

「お疲れさまです！　ええと、今日はハルカさんは……？」

「あっちで知り合いと話してる。すぐ来るだろ。——で、穂。戻って早々に悪いが、いつもの頼んでいいか？」

「わかりました。すぐ準備しますので少しお待ちくださいね」

抱えていた籠《かご》を持ち直して、穂は早足にカウンターの中に戻った。シンと短く言葉を交わすと、すぐに一基の前にやってくる。

「えっと、じゃあいつもの用意しますね」

「ん。あと、そいつがなくなった次に頼むヤツな」

忘れる前にと、つい先ほどシンから告げられた酒の名をつっかえながら口にした。とたんに大きく目を瞠った穂が、察したようにカウンターの逆側にいるシンへと目を向ける。

「シンの許可なら出てるぞ。おれが好きそうな酒なんだろ？」

「はい。味の系統が、なんですけど」

頷く穂と一基が初めて顔を合わせた場所はここではなく、「はる」一号店だ。大学在学中の彼が一号店でアルバイトをしていた関係で、常連客とスタッフとして知り合った。穂がバイトを辞めたことで顔を見なくなってしばらく経った頃に、今度はここ「Magnolia」で客同士として再会し、個人的な連絡先を交換した。

男三人兄弟の長男の一基には、年下の相手に弟を重ねてしまう癖がある。その中でも穂は是非とも弟にしたい筆頭だ。素直で真面目で一生懸命で、何より一基に懐いてくれている。

その穂も去年無事大学を卒業し、今ではここ「Magnolia」の正社員スタッフだ。もっともそこに至ったのは入社試験直前に内定取り消しを食らうというアクシデントがあってのことだが、ひとまず就活中のバイトとしてここに雇われたのちの正式採用だったのだから、瓢簞《ひょうたん》から駒といったところだろう。

「んじゃよろしく。楽しみにしてる」

「わかりました。……でもあの、口に合わなかったら言ってくださいね？」

「それはねえだろ。ここで薦められた酒が駄目だったたってことはねえし、何しろシンのお墨付きだ」

さすが経験と言うべきなのか、シンは一基のアルコールの嗜好をきっちり把握しているのだ。そのシンが薦めてくるのなら――「一基が好きそうだ」という穂の推測を訂正しなかったなら、まず間違いはあるまい。

一基の言葉に、穂は素直に納得したらしい。ふんわりと笑って言う。

「ですね。オレはともかく、マスターが仰《おっしゃ》ることですし」

どうやら、穂は唯一《ゆいいつ》の同僚であり上司でもあるシンを自慢に思っているらしい。誇らしげにそう言われて、正直ほっとした。

シンと穂と、それぞれの人柄はよく知っているつもりだし、どちらも信頼できると思ってはいる。それでも、だから必ず合うはずとは言えないのが人間同士だ。穂がここに就職するのに一役買った自覚があるだけに、まったく気にしないわけにはいかなかった。

「どうぞ。……あ、こんばんは。ハルカさんも、いつものでよろしいですか？」

穂から差し出されたグラスを受け取ったのと、すぐ隣に座る気配に気づいたのはほぼ同時だ。短い肯定を聞いた穂がすぐさま酒の準備にかかったのを横目に、一基は長谷を見る。

「あっち、もういいのか？」

「いいです。といいますか、向こうの気がすむまでつきあってると朝まで帰れませんよ。俺はそれでも構いませんけど、一基さんはそうはいかないでしょう。明日の勤務が九時から事務所出でディナータイムの最後までフロアって、やっぱりかなりきついんじゃないですか？」

「その代わり午後休憩が長く貰えるからどうってことねえだろ。あと、おまえもちょっとは構えよ。明日は親睦会だってあるだろうが」

呆れ気味に言い返した一基に、長谷が長い息を吐く。向こうで知り合いにいじられでもしたのか、少々機嫌が斜めになってきているようだ。

「俺は別に、親睦なんかしなくてもいいんですよ。北原とは特に問題なくやってますし」

「おま、それとこれとは別だろーが。珍しく絢ちゃんも出てくれるんだし、きっちりつきあえよな」

「神さんからも釘刺されてますし、すっぽかす気はないです。……けどあの人、何でああもしょっちゅううちに顔を出すんです？　いい加減、しつこすぎませんか」

ここでその話を蒸し返すのかと、一基は思いがけなさに瞬いた。どうやら、信川の件は思っていた以上に根が深いようだ。

「神からも聞いたろ？　新店舗開店前の参考にしたいんだとさ」

「でも六号店の立地は駅ナカでしょう。うちのフロアを見たところで参考になるとは思えません。立地が似た余所の店を見に行った方がよっぽどヒントになるんじゃないですか？」

「それもやってるって聞いたぞ。休みの日とか、ほぼ一日出歩いて見て回ってるらしい」

これはやりとりを見ていた一基の憶測だけれど、信川は自らの希望で店長になったわけではなく、社長に指名されて引き受けたようなのだ。にもかかわらず真摯《しんし》に仕事に向かって休日まで返上しているあたり、「はる」のシェフは大したものだと感心していた。

信川は新店舗開店準備だが、神野や長谷は暇さえあれば試作して予定日不明の次回試食会に備えている。そういう勤勉さが「はる」のシェフの信条なのだとしたら、もはや尊敬する以外にない。

「だったらそれで十分でしょう。あんな格好でフロアに居座られても邪魔になるだけです」

言い切る長谷の声の響きは、当初と比べて明らかにきつい。まともに顔を合わせる機会はそうなかったはずだが、相当に苛立っているのは丸わかりで、一基は何とも返答に迷う。

信川は基本事務所にいて、長谷は一号店でもまず厨房から出てこない。接点などほとんどないのだからたまに会った時は穏便に接しろと、長谷に言ったのは一基自身だ。なのに、信川はああしてたびたび一号店フロアに顔を出す。

問題は、そのたび長谷が耳聡《みみざと》く気づいてしまうことだ。厨房にいれば目に入らないはずなのに、いつの間にかカウンター越しに一基と信川のやりとりを眺めている。毎度のように仕事しろとどやしつけてはいるものの、信川が声をかけてくるのは決まってフロアが落ち着いている時で、そういう時に厨房が多忙なはずもない。

「社長や神から許可が出てるからな。フロアで邪魔するわけでもなし、そうなるとおれの一存で追い返すわけにはいかねえんだよ」

「それは、わかってるんですけど」

むっつりと言った長谷の前にコースターが置かれ、タンブラーが差し出される。

見るからに不穏な顔で受け取った長谷に、カウンター向こうの穂が少々引き気味になる。

それを目にして、一基はわざと呆れ顔を作った。

「おい、その顔はやめとけ。つーか、穂を脅すな」

「脅してませんよ」

「え、あの一基さん、オレは別にっ」

即答で否定した長谷を擁護するように、穂が首を振る。それに構わず、一基は長谷の頬を抓《つね》ってやった。

「ふだん愛想大魔神なヤツからそういう顔で見られたら、誰でもびびるってえの。ちったあ自覚しろ」

一基の前では自然に拗ねたり怒ったりする長谷は、けれど基本的に誰にでも愛想がよく、一号店にやってくる常連客との間でトラブルを起こすことはまずない。行きつけであるこのバーでも同じで、友人知人こそ多いが彼らも長谷の不機嫌顔など滅多に見ないはずだ。

ちなみにその友人知人曰く、一基といる時の長谷は別人のようだから見ていて楽しい、のだそうだ。結果的にここでは公認の恋人同士という扱いになったので、それはそれで良しとしている。

だからこのバーは好きなのだ。気楽だし、何より気を張らなくていい。それは長谷も同じだろう。

とはいえ、客としてのマナーというものがある。マスターのシンやスタッフの穂と知り合いだからこそ、余計に注意する必要もある。

「愛想大魔神って、一基さん……」

「神経ささくれてんのはわかってんだろ？　だったら自覚して注意はしろ。関係ない相手に当たるんじゃねえ」

「あ、あの、一基さん！　オレだったら平気ですからっ」

慌てたように割って入った穂の声で、一基はふと我に返った。――どうやら長谷だけでなく一基本人も、どことなし神経質になっていたらしい。

「あー、悪かった、言い過ぎた。ハルカも、あと穂にもごめんな」

「いえ、オレは別に」

「……俺こそすみません。確かに、さっきのは八つ当たりでした」

ぼそりと言った長谷が、今度は穂にも謝罪する。驚いたように首を振った穂が横合いからかかったオーダーの声に応じている間に、一基は長谷の肩をつついて言った。

「あの人の件は棚上げな。せっかくここに来たってえのに、わざわざ気まずくなってどうするよ」

「そうですね。今は、考えないことにします」

自嘲《じちょう》混じりの言葉に、長谷が苦笑する。その表情に、一基は安堵して頷いた。

「一基、悪いんだけど先に上がってくれる？　で、女の子たちの案内よろしく」

翌日のディナータイム終わりに神野からそう声をかけられて、一基は一拍きょとんとした。

「案内って、親睦会場までか。おれがか？」

「うん、一基が。女の子たち、さっきフロアから引き上げたよね？　更衣室でずっと待たせとくのも何だし、僕とハルカはあとから追っかければすぐだから」

「……別に、全員揃ってから出てもいいいんじゃねえ？」

「それだとかえって時間かかるんだよ。いいから行けって」

言葉とともに、神野は一基の背中を押す。文字通りぐいぐいと通路まで連れていかれて、怪訝に思いつつも了承した。

フロアの片づけはもう終わっているから、一基が残る理由はないのだ。神野が慌てて引き返したところを見ると、厨房の方はもう少し時間がかかるのかもしれない。休憩室を兼ねた男性用の更衣室が広い割にロッカーが立て込んでおり、三人同時に着替えるとなるとかなりむさ苦しいことになることを思えば、先にすませておく方がいいに決まっていた。

ひとまず急ごうと更衣室のドアに手をかけた時、背後から聞き慣れた声がした。

「友部さん？　お疲れさま」

「お疲れさまです。――そちらは仕事、大丈夫ですか。もう出られます？」

振り返った先、ちょうど社長宅から下りてきた信川を認めて、一基は軽く会釈をする。

本日午後は所用にて、信川は社長に同行していたのだ。九時に事務所に出て午後まで信川の補佐をし、ディナータイムにフロアに出るというのが今日の一基の動きだった。

「一段落したから大丈夫。そっちも無事終わったみたいだね」

「おかげさまで。……信川さん、このあといったん事務所に戻られます？　だったら、途中で合流できますから――」

「一基さん、急がないと遅れますよ」

言いかけたのを、背後からの強い声に遮られる。あれ、と思った時には肘を取られ、そのまま更衣室に引きずり込まれそうになった。

辛うじて腕を突っ張ってその場で堪《こら》えた自分を、思考のすみで誉めてやった。

「……マンションの前を通った時に合流できるよう、エントランスまで降りてでもらえますか？」

「わかった。悪いけどよろしく。――じゃあ、僕は事務所に戻るから」

「お疲れさまです」

何事もなかったように声をかけながら、平然と手を振って離れていく信川に感心する。

物理的な意味で客観的に眺めるのは不可能だが、長谷は一基に声をかけるとほぼ同時に拉《ら》致《ち》にかかっているのだ。具体的には、腕だけでなく腰にまで腕を回されているため、踏ん張る一基と綱引き状態になっている。

「――ハルカ、いい加減離せ。つーか、職場でこんな真似してどうすんだっ」

叱りつけた声も空《むな》しく、信川の背中が通用口から消える前に一基は更衣室に連れ込まれた。

この間、女の子たちが顔を出さなかったのが不幸中の幸いだ。それとは別に言うべきことは言っておこうと、一基は室内に入っても腰に巻きついたままの腕をべしべしと叩き、間近にいる長谷の顔をじろりと睨み上げてやった。

「絢子や北原には見せてないですから、セーフってことで」

「馬鹿言え。信川さんにはモロ見られてんじゃねえか」

呆れ半分に言った一基に、長谷は露骨に顔を顰める。

「別にいいんじゃないですか？　俺が一基さんに懐いてるのは、あの人も社長から聞いて知ってるでしょうし」

「…………」

そこで開き直るのかと、何とも言えない気分になった。同時に、先ほどの長谷の信川への態度を思い起こして、とても困惑する。

パーティー翌朝の廊下でも、長谷は見事なまでに信川の存在を無視したのだ。そして、今のアレに信川が気づかないはずがない。

今のこれからで、和やかな親睦会はあり得るのか。困惑混じりにため息をついた時、すぐ後ろでうんざりしたような声がした。

「——質問なんだけどさ。何で一基がまだここにいるわけ」

後ろ手に更衣室のドアを閉じた神野にじっと見据えられて、一基は慌てて長谷の腕を押しのける。

「悪い。すぐ着替えて出るから」

「そうしてくれる？　もう絢ちゃんたち出てきてたから、とにかく一基は急いで」

「何ですか、それ。どうして一基さんだけ？」

即答した長谷を胡乱そうに眺めて、神野はこれ見よがしにため息をつく。

「時間短縮に、女の子たちだけ先に行ってもらうことにした。あと、会場でハルカと一基の席は離すから、そのつもりでよろしく」

「へ？　何でまた」

「どういうことですか、それ」

振り返りながらも手を止めない一基と、思わずといった様子で着替えを中断した長谷とを眺めて、神野は渋面で言う。

「僕と一基とハルカだけならいちゃつこうがくっつこうが好きにすればいいけど、今回は絢ちゃんも北原さんもいるだろ。あと、ハルカの隣に信川さん座らせるわけにはいかないしさ」

「……俺が一基さんに懐いてるのは、絢子もよく知ってるはずですけど？」

「ハルカって、本気で馬鹿？　歓迎会兼ねてる親睦会で、歓迎してる側が固まってどうするわけ？　何だったらハルカの席、信川さんの隣にしてあげようか？」

神野と長谷の攻防の間に着替えをすませると、一基はするりとふたりの間から抜ける。え、と上がった長谷の声に振り返って言った。

「んじゃ、悪いけどお先な」

「ちょ、待ってくださいよ！　一基さん、俺も一緒に」

ぎょっとしたように声を上げた長谷は、まだ下がお仕着せのままだ。それを承知で、一基はひらりと手を振ってやる。

「ついでに言っとくが、おまえさっきのアレは信川さんに失礼すぎだ。親睦会中に少しは反省しろ。――信川さんとは席離してくれるそうだから、そこは心配しなくていい」

「そうそう。僕の気遣いをありがたく思ってくれないと」

神野の声を背に、一基は早足で更衣室を出た。

通用口手前でお喋《しゃべ》りしながら待っていた女の子ふたりが、一基を認めて凭れかかっていた壁から離れる。それへ、急いで駆け寄った。

「悪い、待ったよな。じゃあ行くか」

「はい」

「すみません、お手数おかけしますー」

花のように笑う女の子たちを促して出た戸外は、時刻が時刻だけにすっかり夜に沈んでいる。周囲の店も七割近く閉店しており、通りに人影はほとんどない。

「友部さん、長谷さんと店長は一緒じゃないんですか？」

「あとから来るってさ。何か用事でもあるんじゃねえの？」

「そうなんですかー。あ、でも信川さんは？　もしかして、もう先に？」

「これから合流する。すぐそこだけど、はぐれないようにな。特に北原さん、このへんの地理よく知らないだろ？」

通りをひとつずれたところに、いわゆる飲み屋街があるのだ。たまに酔っ払いに出くわすこともあるから、注意しておくに越したことはあるまい。

「了解です。友部さんを信じてついて行きますー。ええと、ところで訊いていいですか？　今日行くお店ってどんなとこなんでしょうか」

「ん？　世に言うダイニングバーってヤツらしいぞ。決めたのは神で、おれも行ったことないんだが」

ひとまず事務所が入っているマンションに向かいながら答えた一基に、聞いていた絢子が首を傾げる。

「え、そうなんですか？　友部さんが、長谷さんや店長と一緒に行ってるお店を使うのかと思ってたんですけど」

「女の子がいるのにそれはないってことで、神が探したらしい。わりと最近できた店で、ワインの品揃えがいいとか言ってたな」

「わ、それすごくいいじゃないですかあ」

「うん、ワイン嬉しいー」

歓声を上げた女の子ふたりの背後には、なにやら花でも飛んでいそうだ。それを眺めて、一基はさすが神野だと感心する。

何しろこの界隈での一基たちの行きつけは、焼酎《しょうちゅう》が売りで客の九割以上がおっさんの居酒屋なのだ。そこに連れて行ったところでこのふたりなら厭な顔はしないだろうが、さすがに浮いてしまうのは目に見えている。

話している間に見えてきたマンションのエントランスでは、立ち姿もきれいな信川がいた。こちらに気づいて、すぐさま近づいてくる。

「お疲れさまです。すみません、結構待ちましたよね？」

「ちょうどよかったよ。ついさっき、支度して降りてきたところだったんだ」

そう言う信川の表情は落ち着いていて、何も問題はないと言いたげだ。もっともここしばらくの間、それなりに行動をともにすることが多かった一基は新店舗開店準備には予想以上に雑事が多いことも、面倒や手間があることも承知していた。

「準備、大変ですよね。あと四か月ないんでしたっけ」

四人で歩き出してすぐに、北原が信川に声をかける。それへ、信川は柔らかく笑った。

「そうでもないよ。事前準備もしてきてるしね」

「だって信川さん、こないだまで二号店でふつーに勤務してたって仰ってたじゃないですかー」

あっけらかんと言う北原は、早い段階から信川とはこんなふうだ。もともと親しかったのかと思っていたが、聞いた話では一号店の助っ人で初めて顔を合わせたらしい。

おそらく、人懐こい北原と愛想がよく鷹揚《おうよう》な信川との相乗効果だ。ほとんど接点がないはずの絢子まで、先日一基に「信川さんて話しやすい人ですねえ」と感心していた。

それでいて、北原も絢子もきちんと信川を「上の人」と認識しているのだ。それも、信川の人となりなのだろう。

人の動きや反応をよく見ているからこそ、人あしらいがうまいのだ。相手に不快さを感じさせることなく一線を引いているあたり、さすがとしか言いようがないと思う。

あるいはそういうところこそが、長谷に「苦手」だと認識させるのかもしれないが。

「友部さん？　どうかしたかな」

「あ、いえ。……ああ、予約した店、そこですよ」

不意打ちでかかった声に反射的に返すと、先に女の子たちが歓声をあげた。

神野が予約したダイニングバーは瀟洒《しょうしゃ》な一軒家で、通りに面した白いフランス窓からは暖色の照明に照らされた店内が見えている。門から出入り口までの道もきれいに作られていて、地面に埋め込まれたらしき明かりが柔らかく暖かい雰囲気を作っていた。

「きれい」「可愛い」と声を上げる女の子について敷地内に足を踏み入れながら、一基は数歩先を行く信川の背中を見上げる。

長谷以上によくわからないのが、信川だ。長谷の態度には気づいているはずなのに、まったく意に介す素振りがない。先ほどの更衣室前での一件は何事もなかったかのように流してしまったし、これまでの様子を思い返す限り、あとになって蒸し返すとも考えにくい。おそらく、何事かあって長谷は信川を敬遠するようになったけれど信川の方はさほど気にしていない、といったところだろう。

いずれにしても、長谷にはもう一度注意しておいた方がよさそうだ。思い決めて、一基は信川について明るい店内に入った。


「えっと、ちょっと聞いていいですか？　友部さんと長谷さん、すごく仲がいいって社長が言ってたんですけど」

隣の席に座っている北原からそう言われた時、一基は一拍返答に詰まった。

神野主催の親睦会が始まって、そろそろ小一時間が過ぎる頃だ。つい先ほどまで左隣の北原は絢子と話し込んでいて、一基はといえば右隣の信川と、さらにその隣の神野の三人で前回試食会の話をしていた。

テーブルの、左側に置かれた水のグラスを取ろうとしたら、気づいた彼女が渡してくれたのだ。そこからアラカルトで取った料理やワインの話を経ての流れだった。

「悪くはないな。実は案外気が合うんだ」

「あ、やっぱり？　じゃあ、お店以外でも遊んだりするんですか？」

「飲みに行ったりはするな。年が近いのもあるんだろうが」

社長から聞いているなら隠しても無意味だ。何しろ絢子の前で前日飲みに行っただの遊んだだのと話してきてもいる。なので、不自然に隠すよりはと肯定しておいた。

「見てる感じ、おふたりでいるとしっくりきますもんねー。目の保養になって何よりです」

「何だソレ。目の保養だったら厨房見た方がいいだろ」

「友部さんも十分ステキですよ？　長谷さんや店長とは違う雰囲気ですし、試食会の仕切りなんてすごく格好よかったですもん」

けろりと笑った北原は、けれどそこでふと声を落とした。首を傾げるようにして一基を見ると、ぽそりと言う。

「あのー、できれば教えていただきたいことがあるんですけど……長谷さんて、やっぱりもう彼女さんがいたりします……？」

「――――」

訊かれる可能性はあると予想していたため、さほど動揺はしなかった。問題は、にもかかわらず返事をどうするかをまるで考えていなかったことだ。今さらに一基が言葉を探していると、北原は慌てたように言う。

「実はですね、一昨日《おととい》ランチしに来てくれた友達が、長谷さんに一目惚《ひとめぼ》れしちゃったそうなんです。それで、できれば聞いてきてほしいって」

「……友達？」

「はい。友部さんがオーダー取ってくださったんですけど……ええと、カウンター寄りの西側の席についた、女の子三人グループの」

少しばかり急《せ》いた説明で、思い出す。そういえばそのグループ客は北原の休憩入りを待ちたいとかで、ランチタイム終了ぎりぎりまで店内にいたのだ。

「あー、あの友達か。で、ハルカの彼女な。……今んとこいねえんじゃねえか？」

男の恋人はいるが、それは彼女とは言わないだろう。絞り出した答えに首を傾げながら、つい最近似たようなことがあったのを思い出した。

例の、結婚披露パーティーだ。それにしても、あの時の同僚といい北原といい、どうして恋人と言ってくれないのかと少々八つ当たり気味に思ってしまった。

「そうなんですかー。……あの、友部さん、は？」

「は？」

思わず遠い目になっていたせいか、空耳が聞こえた気がした。つい目を向けた一基に、北原はあっさりと言う。

「友部さんには、彼女さんいるんですか？」

「――――」

前回も思ったことだが、どうして長谷とセットで一基にまで訊いてくるのか。元同僚に関しては絞《し》め上げることで溜飲《りゅういん》が下がったが、臨時スタッフの女の子相手に腕力に訴えるのは許されるはずがない。

単純に言わせてもらえば、元同僚に訊かれた時よりもずっと、こちらのダメージはでかいのだが。

「いねえよ。顔で怖がられてんだからまず無理だろ」

やさぐれた気分でぼそりと返した一基に、北原は大きく目を瞠る。

「何でですかー？　そういうの、あり得ないと思うんですけど」

「いや、おれ目つき悪いだろ？　中学ん頃から女の子には怖がられて敬遠されてたんだよ」

「でもわたし、怖くないですよ？」

さらにあっけらかんと言われて、かえって狼狽えた。無意識に身を引いて、一基は北原を窺ってしまう。

「いや、けど男兄弟しかいないんで女の子の扱い方とか全然わかってねえし」

「友部さんて職場では厳しいですけど、それは当たり前ですよね。だけど注意したあとはきちんとフォローしてもらってますし、頑張った時やできた時にきちんと評価してもらえるのも嬉しいです。十分、優しくてステキですよ？」

「………」

にっこり笑顔で言う北原を眺めて、何となくほっとした。思わず伸ばした手で、一基は彼女の頭を撫でてしまう。

「北原さん、可愛いなあ」

言いながら脳裏に浮かんだのは、行きつけのバーで働いている年下の友人——牧田穂だ。北原より年下になる彼は万事に素直で一生懸命で、弟たちとは似ても似つかないのにどうにも放っておけなくなる。そのくせ、何気ない会話の中で不意打ちのように一基の気持ちを暖めてくれるのだ。その彼と北原が、ふっと重なって見えた。

そういう時に穂の頭を撫でるのが一基の癖になっていて、どうやらそれが出てしまったのだ。

「え、と……あの、友部、さ」

子ども扱いではなく、見ていて「いいな」「可愛いな」と思ってしまった結果だが、相手が女の子となると話は別だ。困ったような声に瞬いた一基は、直後に目の前の北原が顔から首から真っ赤になっているのに気がついた。

「……っと、悪かった！　ごめん、勝手に触られると困るよな」

すぐさま引いた一基の手を頬を赤くしたままで見ていた北原は、我に返ったように首を横に振る。

「いえ！　そんなことないです、ただちょっとびっくりしただけで。っていうか友部さん、人の頭撫でるの癖だったりします？」

「癖ってか、無意識に出ちまうことがあるんだよ。誰彼構わずってわけじゃねえんだが……今後はやらねえよう気をつけるから、ごめんな？」

ちなみに穂以上にそうされているのは、長谷だったりする。困った顔や微妙な反応をされることはあっても厭がられたり拒否されることはないため、無理にもやめるという思考に至らないのだ。

「いえ、厭とかじゃないですから！　あの、そんなに気にしないでくださいっ」

「いや、女の子にいきなり触るってのはあり得ねえだろ。失礼なことして本当に悪かった」

もう一度謝ったのと前後して、懐に突っ込んでいた携帯電話が震えた。取り出して眺めてみると、例の元同僚からだ。どうしたものかと数秒悩んだあと、一基は北原と信川に断っていったん席を外すことにする。

元同僚からの電話は、これが五度目だ。最初の二回は披露パーティーの翌日、会社の昼休みとおぼしき頃と、おそらく終業後にもかけてきた。あいにくその日の休憩サイクルは一号店ペースだったため、いずれも仕事中で出ていない。ついでにこちらの休憩中は、当然のことに向こうの就業中なのであえて折り返さず、メールで「時間帯が合わないから電話は無理、ついでに紹介はお断り」とだけ送っておいた。

そうしたら、今度はメールで泣きついてきたのだ。面倒だったので返信は数回分をまとめて「お断り」だけ送っておいたら、一昨日からまたしても電話がかかってくるようになった。放っておくと、もっと面倒なことになりそうだ。この際決着をつけてしまおうと、一基はそのまま店の外に出た。酔い醒まし用にか出入り口近くに置かれたベンチに腰を下ろすと、しつこく鳴り続けていた電子音に顔を顰めつつ通話をオンにする。

案の定と言うべきか、元同僚の言い分は一度でいいから紹介する子に会ってみてくれというものだった。

「だからそれ断ったろ。つきあう気もないのに会ってどうすんだよ。向こうに失礼だろうが」

『友部さあ、それ考えすぎだって。もっと気軽に考えてさあ、会ってみたら案外気に入るかもしれないだろ？　てか、そんな堅いこと言ってっと女の子に逃げられるだろうに』

「いい。今んとこ、本気で興味ねえし」

答えながら、正直うんざりしてきた。同時に、ここまで必死になるあたり、絶対裏があるものと確信する。

『いや、だったら一度会うだけでいいから！　いっぺんだけデートして、駄目だったら断りゃいいだろ？　断りづらけりゃ適当にフェードアウトして構わないしさ』

「ふぇーど……って、何だソレ」

『ん？　だからー、駄目だと思ったらそっちから連絡しなきゃいいんだよ。誘いは理由つけて断って、電話も少しずつ居留守の回数増やしてって、メールの返事も遅らせて短く素っ気なくすんの。そうすりゃ、向こうも察して連絡してこなくなるからさ。結構有効な手だから、今後のために覚えといたら？』

平然と返されて、一基は呆れ返る。

「……あ、そ。んじゃ、おれは今からおまえにフェードアウトさせてもらうんで、そのつもりでよろしく。んじゃな」

『え、嘘だろ、ちょっ』

通話の向こうの声を耳に入れながら、あえて通話をぶっちぎってやった。ついでに携帯電話の音を消して、チノパンの尻ポケットに押し込んでおく。そういえば、小耳に挟んだところによると恋人関係の終わりには自然消滅というものもあったとふいに思い出した。

きちんとした恋人同士だったのが、互いの都合で連絡を取らなくなることで繋がりが途絶えてしまう。そういう形であれば、アリだとは思うのだ。けれど、最初からその気もなく会っておいてフェードアウトとは、いくら何でも最悪だろう。

脳裏に浮かんだ元同僚の顔に、「け」と一言吐いて溜飲を下げておく。そうして、一基は入り口から店内に戻った。そのタイミングで、手洗いの帰りらしき絢子と鉢合わせることになる。

「あ。友部さん、電話だったんですか？」

「そんなとこ。……ああそうだ、絢ちゃん、今ちょっといいかな」

好都合とばかりに、出入りの邪魔にならないすみへと誘導する。拍子抜けするほど素直についてきた絢子に、いくら何でも無防備すぎないかと心配になってきた。

「絢ちゃん、ちっとばかし素直すぎるぞ。少しくらい警戒した方がいい」

「ちゃんとガードしてますよ。これでも友達の中では堅い方ですもん。今は、相手が友部さんだからです」

余計なことかと思いつつ注意したとたんの返事がそれで、一基は「は？」と瞬く。それを見上げて、絢子はくすくすと笑った。

「友部さん、紳士ですもん。変な心配はしません。ここだけの話ですけど、そういう意味では長谷さんや店長より安心できます」

「……非常に複雑な評価なんだが、あー……とにかく顔見知りでも警戒はするように。で、正直なところを訊きたいんだが、北原さんと仕事してどうかな」

一基不在のフロアは神野に任せているし、特に問題ないとは聞いている。たまにフロアに出た時に見る限り、北原の動きには問題がないどころか日数を考慮すれば上等の類だ。どうやら慣れてきてもいるようで、当初気にかかっていたやや過剰な緊張感もほとんどなくなったと神野からも聞いている。

とはいえ、フロアスタッフ同士として一緒に動いているのは絢子だ。だからこその気づきや不満があってもおかしくはない。

言下の問いを察していたらしく、絢子はふと表情を引き締める。

「特に問題はないです。まだ不慣れなところもありますけど、そのあたりは神野店長や長谷さんがフォローしてくださってますし、もちろんわたしが手助けすることもありますけど、逆に彼女のおかげでスムーズに回ることも多いですよ。まだちょっとお互いの動きが読み切れないですけど、じきに慣れてくると思いますし」

「了解。で、瀬塚さんとはどうかな。彼女、今日参加できなかったろ？」

「おうちの都合ですから仕方ないですよ。あと、北原さんとは共通の趣味があるとかでいろいろ話してるみたいですよ？　フロアでの動きも参考になるって言ってましたし」

ローテーションの関係で、ディナータイムアルバイトの瀬塚と絢子、それに北原が三人揃って勤務に入ることはあまりない。それを気にしていたのは絢子も同じだったらしく、近く三人で女子会をする予定も立てているのだそうだ。

「そっか、悪いけど様子見頼むな。……って、ハルカもフォローしてんのか。あいつ厨房から出ないだろうに、どうやるんだ？」

「それとなくフロアの様子を見てらっしゃるんですよ。で、誰もフォローできない時とかに出てきて下さってるんです。わたしも一度見ましたし、北原さんからはランチタイムにも二、三度助けてもらったと聞いてます。もちろん、厨房には影響のない範囲で、です」

「へえ」

長谷がそこまでしたことにもだが、まったく一基の耳に入っていなかったことに驚いた。神野が気づかなかったはずはなし、だったら「周囲のフォロー」に括っているのだろう。

「んじゃ今んとこ問題なしか。……ああ、でももし困ったことがあったりしたら、すぐ神かおれに言ってきなよ？」

「はい。友部さんも大変そうですけど、あまり無理はしないでくださいね」

「おう。あとさ、北原さんのこと以外で気になったことはなかったか？」

付け加えた問いに絢子が首を傾げた時、「あれ」という聞き覚えのある声がした。

「ふたりで密談中かな。邪魔して悪いけど、友部さんが戻らないって長谷くんが気にしてたよ。早めに戻ってあげた方がいいんじゃないかな」

信川だった。こちらもどこからか電話を受けたらしく、スマートフォンを耳に当てた格好でこちらへと歩いてくる。

「ここで偶然会っただけですよ。おれ、今の今まで外で電話してたんで」

「そう？　じゃあ、邪魔にならずに話せそうなところはなかった？」

「そこを出て左手に、たぶん酔い醒まし用のベンチがありましたよ」

「ありがとう、助かったよ」

にこやかな笑みで言って、信川は店の外に出ていった。それを見届けて、一基は「んじゃ戻るか」と絢子を促す。

「そういえば、ひとつ気になることがあるんです。——信川さんと長谷さんて、何かあったんですか？」

思い出したような問いに一基が目をやると、絢子は困ったように笑った。

「仕事上がりに見かけたんです。信川さんと長谷さんが、ふたりで話し込んでるの」

帰路にあるファストフード店で、同じテーブルについているのを目にしたのだそうだ。店の場所は一基のアパートとも、長谷の住まいともまるで方角違いだった。

「声は聞こえませんでしたけど、深刻そうな感じがしたんです。……お店ではお互い距離を取られてるように見えたから、わたしも黙ってたんですけど」

「それ、いつ頃の話？」

「北原さんが正式に一号店に異動された日です。北原さんと更衣室でお喋りしてていつもより遅くなったんですけど、その帰りに」

つまり、前日からの一基との約束を「急用ができたから」と保留にした、あの時だ。そういえば、信川はきっかり定時に上がっていた。

「親しいのかなって思ってたら、実際は全然様子が違うので……あの、すみません。やっぱり余計なことでしたよね？」

「あー、いや？　けどまあ、いろいろあるだろうし、なあ」

「ですよね。プライバシーでしょうし、ごめんなさい。忘れてください」

申し訳なさそうに眉尻を下げる絢子に、一基は笑ってみせる。元の席に引き返しながら、胸の中にひどくもやもやするものを感じずにはいられなかった。

5

「うわ、友部《ともべ》さん早いな。何時頃来た？」

翌朝早く、社用車の後部座席に顔を突っ込んでいる時に、すぐ近くで聞き覚えのある声がした。

すぐさま車から顔を出して、一基《かずき》は苦笑する。たった今出勤してきたばかりという風情《ふぜい》の信川《しながわ》に会釈をした。

「おはようございます。そうですね、十分ほどおれが早かったくらいだと思いますよ。――今日出向くのって、三号店と二号店でよかったですよね？　例のアンケートと関係の小物ですけど、時間があった時に回れるよう他の店舗のも載せておきましたんで」

「ありがとう。でも悪いね、手伝うつもりだったんだけど」

「いや、そういうのはおれの仕事ですんで、気にしないでください」

「それ言ってると、友部さんの負担が増えるばかりになると思うよ？」

苦笑で返す信川は、どうやら一基に雑用を丸投げするのに抵抗があるようだ。だからといって何でもかんでも「手伝う」と言うわけでなく、今朝のように状況を見計らっているあたり、基本的に自分から動くたちなのだろう。

「ところで事務所に寄る用事とかあります？　ないならこのまま出られますけど」

「特にないよ」との返事に、それならと揃《そろ》って車に乗り込んだ。すでに定位置となった運転席でハンドルを握り、一号店の前の通りを過ぎてバイパスへと向かう。ここから三号店までは、車で四十分ほどだ。

「そうだ、昨夜《ゆうべ》はありがとう。お疲れさまだけどよく眠れた？」

「帰ってすぐ寝たんで大丈夫ですよ。信川さんこそ、何事もなく帰れました？」

昨夜の親睦会で主賓のひとりだった信川は、お開きになったあと歩きで駅まで行くと言っていたのだ。神野《じんの》に声をかけていたから、おそらく途中まで一緒だったのではあるまいか。

「帰れたっていうか、神野店長誘ってコーヒー飲んでた。ちょっと話し込んで、店出たのが何時だったかな」

「神……っと、店長とですか。あれ、コーヒーってあの時間に飲めるとこあります？」

「味を度外視すれば、いくらでも」

けろりとした即答に、それもそうかと思い直す。あのダイニングバーから駅までの間には、確か深夜まで営業するファストフード店があったはずだ。おまけに現在進行形の店長である神野と、四か月先に店長になる信川なら共通の話題も多いに決まっていた。

「友部さんは、絢子《あやこ》さんを送っていったんだよね。電車に乗って家までだとかなり遅くなったんじゃないのか？」

「最寄り駅までなので、そこまでじゃないですよ。それに、あの時刻に女の子ひとりで歩かせるわけにはいかないですから」

一号店閉店後に始めたのだから無理もないが、お開きの時点で日付が変わる頃だったのだ。一号店スタッフの飲みで女の子不在が常態化しているのは、そんな時刻には連れ出せないという神野の主張に依《よ》るところが大きい。今回は主賓のひとりが北原《きたはら》で、女の子ひとりではどうかと気にかけたからこそ、絢子も参加ということになった。

「そうなんだ？　じゃあ、誰が誰を送っていくかは最初から決めてあった？」

「店長が決めてました。ちょうどいいから親睦を深めろとも言われましたよ」

ちゃっかりしたもので、この機会に便乗してふだんは言わないだろう本音を聞いてこいというお達しまであったのだ。結果、直属の上司になる一基ではなくシェフの長谷《はせ》が北原を送っていくことになった。

ちなみに降りた駅から使うよう、北原にはタクシーチケットを渡してある。絢子については、恋人が駅まで迎えに来てくれるからいらないと固辞されていた。

……できれば昨夜のうちに長谷と話したかった一基だが、仕方がないと諦《あきら》めたのだ。女の子たちが使う駅はそれぞれ違っているし、その後となると翌朝——今日が九時出勤になる一基には少々きつい。デスクワークだけですむならまだしも、車の運転を任されているともなればなおさらだ。

電話するかメールをやりとりすることも考えたけれど、遅くなることに変わりはないし、何よりきちんと顔を見て話したい。そう思ったから、帰宅途中に届いた長谷からのメールにも「おやすみ」とだけ返信した。

親睦会の間に少しでも話すつもりが、席に戻ってみたら長谷は移動した北原と隣り合って話し込んでいたのだ。結果、一基は元の場所に腰を下ろし、あとは隣に座った絢子や信川、そして神野と言葉を交わして過ごすことになった。

神野からそれぞれ女の子たちを送っていくよう言われた時、長谷は何か言いたそうな顔で一基を見た。けれど結局は片手を挙げただけで、すぐに別れることになってしまったのだ。

無意識にこぼれそうになったため息を、辛《かろ》うじて飲み込む。今は仕事と強引に頭を切り替え、よく知った道をまずは三号店に向かった。

午前十時前の三号店店内は、モーニングをオーダーする客でそこそこ席は埋まっていた。

忙しそうな店内が落ち着くまで少々待ってから、一基と信川は三号店店長に呼ばれてフロアのすみのテーブルにつく。

「今日はアンケートでしたよね？」

「ええ。これなんですが――」

切り出した店長に応じる信川の声を耳に入れながら、一基は昨日届いたばかりの各テーブル置き用アンケート入れを組み立てていく。書き終えたアンケートはそのままテーブルに残すか、レジ横の集計箱に入れてもらう予定だ。

三号店フロアは広いだけあってテーブルが多く、それに合わせた数を組み立てるには時間がかかる。何やら確認事項が持ち上がったらしい信川と三号店店長は揃って席を立ち、一基はテーブルでそれを見送ることになった。

あらかじめ組み立ててから持ってくるべきだったたか。かさばるから各店舗でと主張したのは一基だが、検討し直した方がいいかもしれない。

考えつつ作業していると、「友部さん」と聞き覚えのある声がした。

「……よ。あれ、この時間にバイトなのか？」

「ロッカーにレポートの資料を置き忘れてたんで、取りに来たんですよ。で、それ、何なんです？　アンケート？」

人懐こく一基の手元を覗《のぞ》き込んできたのは、三号店アルバイトの豊田《とよた》だ。以前一基がここ三号店で研修に入った時からバイトに入っていて、慣れない頃は何かと助けてもらった。一基が一号店に戻ってからは疎遠気味になっているが、試食会や社長のおともでここに来たら必ずこうして声をかけてくれる。

「そう。あとで店長たちから説明があると思うけど、協力頼むな」

「了解っす。って、じゃあソレ『はる』全体のじゃないんすか？」

「半分は全体向け。残り半分は新店舗用情報収集。ってか、おまえ急がないと大学、ヤバいんじゃねえの？」

反射的に確かめた時刻は、午前九時四十分を回ったところだ。

「さっき休講だってメール入ってたんで平気っす」

資料を手にするなり連絡が来て、のんびり出てきたところで一基を見つけたのだそうだ。

「ここ座ってもいいっすか？　邪魔なようならすぐ逃げますんで」

「別にいいぞ。どうせ作業中だし、これが終わらないと移動できないんだ」

「じゃあ手伝いましょっか」

笑顔の申し出に、後日コーヒーを奢《おご》るということで甘えることにした。鼻歌混じりにアンケート入れを組み立てていく様子を眺めて、一基はふと違和感を覚える。

「今日はひとりなのか。柴野《しばの》は？」

「あー、あいつ今日は一日講義ぎっしりでしょ。ていうか、何で二人組扱いっすかー。オレと柴野ってそもそも大学が別なんすけどー？」

「二人組ってーかセットだろ。いつ見ても一緒だったろうが」

「うわ、友部さんまでそれ言いますか。さすが祥基《よしき》の兄貴。てか、祥基、春休みに彼女と海外行ったみたいっすねえ。なんかあいつだけリア充なんすけどー」

祥基というのは一基の末の弟だ。以前、夏休みに一号店でバイトしたことがあって、その頃開催した試食会に参加し、豊田や柴野と親しくなった。その流れで意気投合し、飲みに行って潰れたあげくアパートにまで泊めてもらったのだ。

「海外ねえ。初耳だな」

末の弟は現在大学生だが、長男の一基を差し置いて彼女持ちだ。その事実も本人ではなく、長谷を介して知らされたのだ。弟の知る限り一基は彼女なし歴イコール年齢なので、おそらく無用に気を遣ったのだろう。

微妙にむかついたので、腹いせとばかりにすぐ下のも含めた弟ふたりの昔の恥を暴露してやった。豊田がウケくれたことで溜飲《りゅういん》を下げていると、ふいに横から声がかかる。

「へえ、友部さんてやっぱりお兄ちゃんなのか。もしかして、妹さんもいる？」

「え」

「お疲れさまです！　ちなみに友部さんとこって男ばっかり三兄弟だそうですよー。もちろん友部さんは長男で！」

声ですぐに信川だと気づいたものの、いきなりな上に内容が予想外すぎて反応が遅れた。代わりに元気よく答えた豊田は信川が「はる」関係者だと知っていたらしく、そのままつらつらと笑って言う。

「オレは末っ子知ってますけど、すげえ兄貴大好きっ子っすよ。友部さんより図体《ずうたい》がでかいくせに見るからに甘えてましたし。そのくせ妙なとこが友部さんとそっくりだったりするし」

「そうなんだ？　……ああ、そういえば何年か前の試食会に友部さんの弟って子がいたっけ。結構大柄でくせっ毛だった子かな」

「あたりです。けどよく覚えてましたねえ」

「あの時の友部さん、すごく目立ってたからね。その関係で」

当事者の一基を置き去りに、信川と豊田は和やかに会話を続ける。

内容が内容なだけに、ひとまずここは黙っておくことにした。残りふたつになったアンケート入れを組み立てていると、信川の手が最後のひとつを手に取る。当然のように組み立てながら続く会話の内容は、一基の弟も参加した試食会のことだ。

それにしても楽しそうだと、何とも言えない気分で思った。

もしかしてすでに顔見知りだったのかと思った時、おもむろに豊田が自己紹介し出す。平然と応じる信川を眺めて、こういうところはさすがだとつくづく感心した。

三号店を出たあと、新店舗を見に行ったついでに昼食を摂《と》り、食器の現物確認のため業者のショールームを見終えた頃には、午後も遅い時刻になっていた。まだ十分に明るいけれど、あと小一時間もすれば帰宅ラッシュが始まるはずだ。

立地が繁華街寄りになるため、渋滞まではいかないもののそこそこ通りは混んでいる。本日最後の目的地となる二号店は、信川がつい先日まで勤務していた古巣だ。

「それにしても、友部さんてつくづく人に懐かれるよね。一種の才能じゃないかな」

「豊田は一緒に働いてた時期があるからで、職人さんたちはたまたま気が合っただけじゃないですか？　信川さんこそ、あいつとほぼ初対面とは思えませんでしたけど」

話しているうちに、二号店が見えてくる。駐車場は半分空いていたが、時間帯を考えて近くのコインパーキングに車を入れて歩くことにした。

「そうかなあ。少なくとも豊田くんに関しては、あの場に友部さんがいたからだと思うよ？」

「それはないですよ。あいつ、もともと人懐っこいたちで人見知りしないですから」

「うん、それは話しててわかったけど」

午前中にちらりと会っただけのバイトが今になっても話題に上るのには、何らかの理由でもあるのだろうか。豊田の卒業は再来年《さらいねん》だし、三号店から新店舗までは車を使っても距離がある。正社員にしろバイトにしろ、気に入ったからと引っ張るのは難しいと思うのだが。

「僕は溶け込むのは得意でも、友部さんみたいに懐かれることはあまりないんだよね」

「……そう、なんですか？」

意外な気がして首を傾《かし》げたのと、二号店前に着いたのがほぼ同時だった。ひとまず話はそこまでとして、一基は信川に従って店内に入る。

二号店に来るのは、今回で三度目だ。過去二度は社長のあとをついて歩いていただけで、そのせいか妙に緊張した。

もっとも、店長やフロア責任者とは試食会や定例会議で何度も顔を合わせているのだ。挨拶をし、比較的空いていたすみのテーブルに着く頃には、それなりに落ち着いてきた。

「で、結局今度は信川の手伝いに駆り出されたわけか。友部さんも大変だなあ……社長のおともと試食会だけでも大変だろうに」

「あー、いえ。今回は勉強になりますし、ほかは慣れましたんで」

「慣れるまで引き回されたの間違いだろ」

そう言って豪快に笑う見るからに体育会系っぽい雰囲気の店長は、おそらく一基より一回りは年上だ。店長の傍らシェフとして厨房にも入るため、シェフの装いをしている。テーブルの上に肘《ひじ》をつき、しみじみと言う。

「まあ、友部さんの前は神野くんが店長の傍ら引き回されるか、社長自ら動きまくってたからな。少しは落ち着いたと思えばありがたいいか」

「ですね。おれで役に立てるなら光栄だと思いますし」

社長の復帰以来、何かと振り回されているのは事実だけれど、一基にとってはそれもいい刺激だ。困ることがないとは言わないが、忌避したいとは思わない。

アンケート関連の話はもっとも早く通っていただけあって、ほぼ確認のみだ。アンケート入れの組み立ても、スタッフでやるからとそのまま受け取ってくれた。

「友部さんは一号店だったよな。ハルカは元気にしてるか？　この前の試食会で少し話したんだが、ずいぶん頑張ってるよなあ。毎回必ず採用出してるだろ」

「元気ですよ。試食会は、本人かなりムキになってやってるみたいですけど」

苦笑混じりに一基が返すと、「だよなあ」と店長はけらけら笑う。

「うちにいた頃からやんちゃでしたけど、根性はありましたからねえ。夢の一号店なんだから、多少は無茶してくれないとね」

「けど、昔よりだいぶ落ち着いただろ。前はムキになるだけじゃすまなかったぞ？」

思いがけず、店長とフロア責任者のふたりがかりでこの店舗にいた頃の長谷の逸話が語られることになった。

どうやら、長谷はそれなりの問題児だったようだ。プライドが高く負けん気が強く、我も強い。突っ走って失敗することも多かったが、その分努力家でもあった——というのが、彼らの長谷への評価のようだ。

長谷はここでずいぶん可愛がられたらしいと思うと、微笑《ほほえ》ましくなってきた。考えてみれば、一基は一号店に来る前の長谷をろくに知らないのだ。

「そういや新店舗……六号店だったか、ハルカもスタッフに呼ぶんだろ？」

思い出したように、店長が信川を見た。いかにも当然と言いたげな様子が引っかかって、一基は店長と信川と見比べる。そのあとで、信川がアンケートの話が終わってからはほぼ聞き役に回っていたことに気がついた。

「考えてはいますけど、こればかりは長谷くん次第ですね」

「大丈夫じゃねえの？　信川にはかなり懐いてたし、おまえらしょっちゅう遊んだり泊まりに行ったりしてただろうが」

怪訝《けげん》そうに尋ねた店長に首を傾げてみせて、信川は困ったように笑った。

「そうは言っても、長谷くんが四号店に異動して以降は疎遠になってたんですよ。彼も、向こうに馴染《なじ》むのに必死でしたしね」

「そうなんだ。あれだけくっついてたのに、ちょっと意外だね」

口を挟んだのはフロア責任者だ。眼鏡《めがね》の奥で目を丸くしている。

「当時は長谷くんも若かったですから。未《いま》だに僕にべったりだったらかえってその方が問題だと思いますよ」

「そんなもんか？　まあ、簡単に会おうったって距離はあったしなあ」

割り切れない様子の店長とフロア責任者をよそに、信川は柔らかく笑う。

「そんなものでしょう。ちなみに今は少々反発されているようです」

その一言で、ふたりは納得顔になる。それを黙って聞きながら、一基は内心で混乱した。


帰途につく頃には、すでに周囲は夜に変わっていた。

これが三度目の道のりだが、来た時とは道が違う上に夜となるとなおさら記憶はアテにならない。それを察してだろう、助手席の信川は分かれ道の手前にさしかかるたび、短いけれど的確な指示をくれた。

前を行くテールランプを眺めているうち、耳の奥で複数の声がよみがえる。

(信川にはかなり懐いてたし、おまえらしょっちゅう遊んだり泊まりに行ったりしてただろうが)

(あれだけくっついてたのに)

要するに、二号店にいた頃の長谷と信川はただの同僚同士ではなく、もっと近いつきあいだったわけだ。

当時の長谷はまだ新人だったのだから、先輩シェフに懐くのも親しくなるのもよくあることだ。信川は穏やかで落ち着いているし、期間限定で部下になった一基のこともよく把握した上で指示をくれている。同じシェフ同士ならなおさら、丁寧で的確な助言をくれる相手はありがたいに違いない。

わからないのは、嘘をついてまでそれを一基に隠そうとする理由だ。

事情を話したくないなら、正直にそう言えばいいのだ。無理に追及する気はないし、恋人同士だから何もかも話して当然、とも思わない。近しい相手だからこそ、あえて隠したいこともあるだろう。むしろ、長谷に嘘をつかれていたことの方がずっと応える——。

「……きちんと説明した方がよさそうだね」

いきなり横からかかった声に、思わず肩が跳ねた。慌ててハンドルを握りなおして、一基はふと気づく。

今の今まで、車内はずっと静かだったのだ。一基は黙って運転していたし、信川も口を噤《つぐ》んでいた。

つまり、と一基は内心でため息をつく。自分で思う以上に、先ほどの一幕に動揺していたらしい。

「もう定時は過ぎてるんだから、どこかで軽く食べようか。洋食と和食、どっちがいい？」

「あー……でも、まだ車も返してませんし」

「構わない。外出中はある程度臨機応変でいいって許可もあるしね。一緒に行動してたんだし、時間外の管理は僕がやるから」

妙に強く押されて、結局は道なりにあった和食の店に入ることになった。

入り口からほど近い窓際の席について、ひとまずそれぞれ注文をすませる。平日で、夕飯にもやや遅い時刻だからか、店内の客入りは六割ほどだ。BGMは広さは店内でのスタッフの動きはとつい観察してしまい、そんな自分に少し呆《あき》れる。同時に、仕事の意識を思い出したことでぐらぐらと揺れていた気持ちがすとんと落ち着いた。

改めて顔を上げ、向かいに座った信川に目を向ける。と、ずっとこちらを見ていたらしい信川とまともに目が合った。

「さっきおっしゃった説明ですけど、ここで聞くのはやめておきます。——直接、ハルカに訊《き》いた方がいいと思うので」

この様子だと、おそらく信川は一基と長谷の関係をある程度把握している。けれど、それが直接訊いたからとは限らない。かつて親しかったのなら長谷が性別問わずで恋人を選ぶと知った上で、長谷や一基の様子から察しただけだという可能性もある。

いずれにしても、嘘をついたのは長谷だ。その説明を、長谷以外の相手から聞くつもりは一基にはなかった。

「長谷くんに訊く、か。それでもいいけど、本当のことは言わないかもしれないよ？　わざわざ僕に口止めしたくらいだからね」

「口止め、ですか」

「そう。二号店にいた頃の僕と長谷くんの話は、絶対に友部さんにするなって言われた」

さらりと言う信川を見返しながら、それはつまり昨夜絢子が言っていた、北原が一号店フロアに、信川が事務所に配属になった日のことだろうかと思った。

「で、信川さんはそれを了承したんですよね？　だったら、今ここでおれに説明するのはまずいんじゃないですか」

「その通りだけど、友部さんに長谷くんの話を鵜呑《うの》みにされるのはちょっとね。できれば僕の言い分も聞いてほしいと思って」

「……どういうことです？」

よほど厄介なことでもあったのかと、つい眉を寄せてしまっていた。そんな一基を柔らかく見返して、信川は言う。

「本音を言うと、当初は長谷くん側の説明だけでもいいかと思ってたんだ。仕事に支障を来《きた》すのは困るけど、僕と友部さんのつきあいは四か月の期間限定だし、どうにもならなければ社長に相談すればいい。――もっとも友部さんがむやみに公私混同しない人なのはすぐにわかったから、社長云々《うんぬん》の心配はしなくなったんだけど」

「はあ、そうですか」

するりと突きつけられた内容に、少しばかり面食らう。ずいぶん柔らかく言われたが、要約すればどうせ期間限定の間柄だから一基が信川をどう思っていようが構わない、ということだ。そうした割り切りは嫌いではないが、いかんせん落ち着いた表情にそぐわなすぎて違和感が半端じゃない。

とは言っても、おそらくこちらの方が信川の本来の性分なのだろう。見た目と中身が一致しないのは珍しいことではないし、ギャップはひどいがどうやら作ったわけでもなさそうだ。きっと、過去に何人も惑わせてきたに違いない。

無意味に感心したあとで、ふと疑問を覚える。どうしてこの人はわざわざ一基相手にこんなことを喋《しゃべ》っているのか。

「ってーことは、そもそも信川さんがおれに説明する理由も必要もないわけですよね？」

面倒になって真っ向から言い放ったら、信川は目を丸くした。そのままじいっと一基を見つめたかと思うと、ふんわりと苦笑する。

「うん。そういうところが、ねえ」

「はい？」

意味不明すぎる反応に首を傾げていると、狙《ねら》ったように料理が運ばれてきた。店員が去っていったあとも信川は黙ったままで、一基としても困惑するしかない。

「さて、熱いうちにいただこうか」

ようやく信川が口にした言葉がそれで、思い切り肩透かしを食らった。

ため息混じりに気持ちを切り替えて、一基はおとなしく箸《はし》を取る。味噌汁の味は「はる」

のとも長谷が作るのとも違っていて、それをやけに物足りなく感じた。

一基が言いたいことは言ったので、あとは信川の出方を待つだけだ。食事を口実にしてまで説明したかったのなら、催促しなくても向こうから言い出すだろう。もし言わなかったとしたらそこまでの話だ。何しろ仕事外なので、どうしても聞かねばならない義務はない。

相手が神野や長谷や穂《みのる》なら多少脅してでも言わせるところだが、一基にとっての信川はあくまで臨時の上司だ。

双方が食べ終えるまでテーブルは静かなままだったが、さて帰ろうとしたところで信川が手を上げ店員を呼んだ。二人分のコーヒーをオーダーするのを聞いて、どうやら話す気はあるようだと察しをつける。

ようやく信川が口を開いたのは、運ばれてきたコーヒーがそれぞれ半分ほどになった頃だ。何の前触れもなく、話の続きのように言った。

「友部さんは、新店舗に異動する気はないか？　もちろんフロア責任者として、状況次第で店長代理も頼むことになる。悪い話じゃないと思うんだけど」

「…………は？」

あまりにも予想外すぎて、取り繕うのも忘れた。目と口をぽかんと開けたまま、一基はまじまじと信川を見返してしまう。

どうしてそうなる、と思った。

一基のその思考を読んでいたように、信川は柔らかい笑みで付け加える。

「友部さんは知らないかもしれないけど、新店舗開店の時は当該店長の権限で欲しい人材を引き抜けるんだよ。ちなみに社長には打診済みだから、あとは友部さんの意向次第になる」

6

夕食後の車の運転席は、信川に奪取された。おまけに食事代からコーヒーまで奢られる羽目になった。

「割り勘でお願いします」

「却下。誘ったのはこっちだからそのくらい出すよ」

「といいますか、運転はおれの仕事なんですけど！」

「もう仕事外だよ。それに社長は僕にも車の鍵を持たせたよね？　ってことは、僕にも運転する権利があるわけだ」

本性を見せた信川は、思いがけず押しが強かった。

にこやかなのに、有無を言わせないのだ。心なしか黒く見えてきた柔らかい笑みに神野を連想して、同類だったらまず勝ち目はないと遠い目になってしまう。

「ついでにこのまま友部さんの家まで送るから、近くなったら道順教えてくれる？」

「……いや、いくら何でもそれは駄目でしょう！」

「僕の判断で送ったことにするから気にしなくていい。ああ、そういえば昨夜、路線と駅の話もしてたよね」

昨夜絢子を送っていく時の確認が仇《あだ》になった。今さら後悔しても遅いが、どうして最寄り駅から自宅アパートまではすぐだなどと口走ったのか。

助手席側の窓ガラスに寄りかかり気味で、一基は十数分前のことを――和食屋の席を立つ前の信川の言葉を思い出す。

（せっかく見つけた人材だから、逃したくないんだよね。もちろん無理強《じ》いする気はないけど、長谷くん絡《がら》みで妙な誤解をされたあげく断られるのは不本意だから）

正直に白状すると、混乱した。

信川がほしがっていたのは、長谷だったはずだ。なのに、どうして自分にお鉢《はち》が回ってくることになったのか。

「友部さん、駅なんだけど。ここからどう行けばいい？」

「……ええとですね、ひとまずそこの通りをまっすぐで」

夜の中でも非常に見覚えのある駅を認めて、ここはもう仕方なしと観念する。短く道案内をしながら、今の今まで引っかかっていたことが急にすとんと落ちてきた。

「信川さん、――もしかしておれを餌にしようとか思ってます？」

長谷がまだ例の希望を抱《いだ》いていたとしても、これまでの様子からして信川からの要望を受け入れるとは思えない。

……それでも長谷を引っ張るには、どうすればいいか？

有効かどうかは不明として、長谷に懐かれた一基を引っ張ればどうにかなる、と思ったのではあるまいか。自意識過剰かもしれないが、実際のところ自分でも可能性はあるとは思う。

「ふたり揃って来てくれたら嬉しいね。けど、友部さんなら単独でも欲しいな」

思わず胡乱《うろん》な顔になった一基にちらりと横目をくれて、信川は続ける。

「長谷くんのことは認めてるけど、それとは別口で友部さんも気に入ってるんだ。できれば四か月と言わず、もっと長く一緒に働きたいと思ってる」

「……おれと、ですか」

「そう。だからって、今すぐここで返事をしろとは言わないから安心していいよ。まだ時間はあるからゆっくり考えてみて」

そう言う信川の横顔は、何やらとても楽しそうだ。一方一基はと言えば、先ほど抜け出したはずの「何でそうなる」に再び首まで浸《つ》かってしまった。

「で、さっき言った僕からの説明なんだけど」

「遠慮します。何度も言いますが、おれはハルカから話を聞きたいので」

「……だったね」

柔らかく苦笑して、信川は続ける。

「ひとつだけ頼みがある。長谷くんと話したあとで構わないから、僕の言い分も聞いてほしいんだ。異動の件も、その上で考えてもらいたい」

「――了解しました。信川さんの話も、聞かせてもらいます」


「わざわざありがとうございました。お手数をおかけしました」

アパートの前で停《と》まった車から降り、閉じかけたドアの隙間から運転席にそう声をかけると、半身を捻《ひね》ってこちらを見ていた信川はふわりと笑った。

「どういたしまして。つきあわせて悪かったね。遅くなったし、早めに休んだ方が――」

信川の言葉が、半端に千切《ちぎ》れる。奇妙に思ったそのタイミングで、続けた。

「かえって迷惑をかけることになったかな。――僕も降りようか」

「は？　いや、これといって……」

言い終える前に、気配を感じて振り返る。そうして、一基は目を瞠《みは》った。長谷が、大股に近づいてくるところだったのだ。

どうしてここにいるのかと、思った。もしや終業時間を過ぎているのかと慌てて腕時計に目をやった時、すぐ傍《そば》で足音が止まる。

「——帰りますよ」

平淡な、いつになく低い声とともに肘を掴《つか》まれ、無造作に引っ張られた。初めてに近い荒いやり方にぎょっとしたせいか、足元がもつれて転びかける。そこを、伸びてきた腕に掬《すく》うように支えられてほっとした。

「助かった。てーかハルカ、ナニ無茶やって——」

支えてくれた腕の方を見上げて言いかけて、言葉が止まる。安堵《あんど》した顔で見下ろしていたのは信川だ。何で、と思った直後に逆の腕を引かれて反射的に目を向けると、そちら側に不機嫌顔の長谷がいて、強引に一基を抱き込もうとしている。

「え、ちょ……ハルカ?」

「ヨウ、よせ。乱暴な真似はするな」

一基の声と信川の制止が重なる。とたんに顔を歪《ゆが》めた長谷がさらに力を込めて、強引に一基を引き寄せた。

「そっちこそ、何勝手に触ってんだよ。——とっとと離せ」

唸《うな》るような長谷の声に、信川が眉根を寄せる。初めて目にした表情に、一基は「この人でもこんな顔をするのか」と場違いなことを思う。引きずられるようにアパートに向かって歩かされるに至って、ようやく我に返った。

「ハルカっ? ちょっと待て、おまえ今の、信川さんに失礼すぎ……」

綱引きの要領で引っ張り返すと、さすがに長谷も足を止めた。とはいえ諦めるつもりはないらしく、腕を引く力は緩まない。少しでも力を抜いたら、あっという間に連れていかれそうだ。

「おい、ハルカって」

「……話は中でしましょう。近所迷惑ですし」

ぶっきらぼうに言う長谷は一基を見るだけで、信川のことは一顧《いっこ》だにしない。露骨にもほどがあるやり方に思わず視線を鋭くすると、動じるどころかかえって睨《にら》み返された。どうやら、かなり頭に血が上っているらしい。

仕方なく、一基は信川に向き直る。そのあとで、彼がわざわざ車外に出てきてくれたのだと気がついた。

「……失礼しました。それと、夕飯もご馳走《ちそう》になりました。気をつけて帰ってください」

「うん、それはいいんだけど」

「——夕飯って何ですか。どうせ無理に引き回されたんでしょう、礼なんか必要ないですよ」

「ハルカっ⁉　おまえ、いい加減に」

「一応確認する。まさかとは思うけどヨウ、友部さんにいつもこんな真似してるんじゃないだろうね？」

慌てて長谷を諫《いさ》めようとした一基の声を、よく知っているはずの、けれど記憶にないほど抑揚のない声が遮った。え、と目を向けた先、いつもと同じようでまったく違う表情をした信川が、まっすぐに長谷を見据えている。

長谷が、呼吸を止めたのが聞こえた。それへ、信川は同じ口調で平淡に言う。

「まあ、いつもじゃなくても目の前で見た以上、遠慮はしないよ。つけ込ませてもらうから、そのつもりでいて」

怒っているのだと、一目でわかった。この人でも怒ることがあるのかと間抜けたことを考えながら、つい先ほどの信川が長谷を「ヨウ」と呼んだことに遅れて気づく。

「仕事以外では、いっさい一基さんに近づくな。——俺はあんたにそう言ったし、あんたはそれを承知したよな？」

同じく信川を睨みつけていた長谷が、唸るように言う。あり得ない内容に呆気《あっけ》に取られた一基をよそに、信川が表情を変えずに言い返す。

「承知したし、守ってきたはずだ。もっとも、今の友部さんが僕と組んで動いてる以上、たまに食事するくらい見逃してほしいね」

「組んで動くもなにも、四か月限定だろ。昨夜親睦会があって、今日また食事する必要がどこにあるんだよ」

「声を落とせ。でないと友部さんに迷惑をかけることになる」

声を荒げた長谷を牽制《けんせい》するように、信川が低く唸る。それを他人事《ひとごと》のように聞きながら、一基はまだ状況が理解できずにいた。

「あんたが帰ればそれですむことだ。もう用はない、とっとと消えろ――」

嚙《か》みつくような長谷の声が、ふと弱くなる。何かを気にするような視線につられて目をやると、訝《いぶか》しげな顔をしたサラリーマンらしき年輩男性がこちらを気にしながら歩き去っていくところだった。

「消えてもいいけど、どこで話す気かな？　友部さんには失礼だけど、あのアパートでさっきの音量で話すと周囲に丸聞こえになりそうだけど。……ねえ？」

窺《うかが》うように覗き込まれて、反射的に頷《うなず》く。極端な安普請《やすぶしん》とは言わないが、賃貸なのだから防音はそれなりなのだ。

「……だったら、他の場所を探す」

「車の中で話せばいい。僕は外で待ってる。それなら問題はないはずだ」

「車って、コレ社長のだろう。あんた、何勝手に」

胡乱な顔で反論する長谷に、信川は打てば響く勢いで切り返した。

「今日は僕が使っていいことになってるんだ。窓を締め切って、暑ければエアコンを使えば声も漏《も》れないはずだよ」

慣れた者同士のやりとりだと、聞いていてわかった。言葉は荒くても声が尖《とが》っていても、どこかで馴染んでいる。それが、雰囲気だけで伝わってくる。

……なるほどそういうことだったのかと、混乱したままですとんと納得した。

「一基さん、乗って」

「ああ、……うん」

ぶっきらぼうに長谷に言われて、一基は促《うなが》されるまま後部座席に乗り込む。逆側のドアから乗ってきたのは長谷で、信川は運転席のドアに凭《もた》れてこちらに背を向けていた。

結局そういうことに決まったのかと、遅ればせに思う。とはいえ、自分の部屋で騒いだりまたどこかに出かけるよりはずっとマシだ。

「一基さん」と名を呼ばれて顔を向け、思わず仰《の》け反《ぞ》るように動く。いつの間にか、長谷が身体《からだ》が触れるほど近くにじり寄ってきていたのだ。不機嫌な顔のまま、押し込むように言う。

「何で信川さんと一緒にいるんですか。夕飯行ったって、マジですか？」

「ああ、うん。まあ、成り行きで」

「……携帯はどうしたんです。俺だってわかってて無視したんですか」

「へ？」

長谷の顔が、今にも泣き出しそうなものに変わる。それを目にしてようやく意味を理解すると、慌ててスラックスのポケットから携帯電話を引き出した。

黒一色で長いネックストラップがついたそれは、仕事用として渡されていたものだ。だったらと、一基は持っていた上着の内ポケットを探って自前の携帯電話を手に取った。開いた画面には電話着信とメール着信がそれぞれ複数あって、電話はすべて、メールも過半数が長谷からのものだ。最後のメールには、居場所だけでも連絡してほしいという文字があった。

「……ごめん、そういえば昼休憩以降、自分の携帯見てなかった」

「見てなかった、んですか」

「朝から移動でずっと運転してたし、仕事中に個人の携帯見るわけにはいかねえだろ。定時過ぎても仕事が終わらなかったんで、そのまんま」

食事中かその後の帰途であれば問題はなかっただろうが、テーブルについた時は長谷の嘘のことで頭がいっぱいで思い出しもしなかったし、信川が運転する横で携帯電話を開く気にはなれなかったのだ。

一基の説明を最後まで聞いて、長谷は長いため息をつく。おもむろに言った。

「……仕事以外では信川さんに関わらないでほしいって、俺、一基さんに言いましたよね。なのに夕食を一緒にって、どういうことですか」

「だから関わってねえよ。飲みは昨日の親睦会が最初だし、食事だって今日が初めてだ」

「でも行ったんですよね」

咎《とが》める口調で詰め寄られて、一基はため息をつく。

「期間限定だって上司に違いはないだろ。たまに誘われて応じるくらい、仕事上のつきあいみたいなもんだ」

「そんなもの、それこそ期間限定なんだから断ればいいじゃないですか」

切り口上で、長谷は言う。一基を見据える視線はいつになく強く、気圧《けお》されてすぐには反論が出なかった。

「一基さん、今日は事務所出勤で十八時終わりでしたよね。そう思って、俺は午後休憩にメールしたんです。仕事から上がっても返信が来てなかったし事務所に行ってみても無人だし、携帯の電源は入ってるのに応答がない。急いで一基さんのアパートまで来てもいないからもしかして事故か何かあったんじゃないかって焦って神野店長に連絡して、なのに知らない会ってないって言われて。……俺が、どれだけ心配したと思ってます?」

初めて見るような長谷の剣幕に、大袈裟《おおげさ》だとは言えなくなった。

同じ職場でほぼ毎日顔を合わせているせいか、長谷とのメールは基本的に連絡用だ。今回のように一基にフロア以外の仕事が入った時は、待ち合わせや居場所確認が主になる。

要するに、仕事外では即リターンするのが通常だったのだ。十八時に終わっているはずが二十二時を過ぎても音沙汰《おとさた》がないとなれば——逆の立場だったとしたら、一基でも同じように感じるに決まっている。

何かあったんじゃないか。不慮の出来事や事故で身動きが取れないのではないか、と。

「……悪かった。連絡しなかったのは全面的におれの落ち度だ」

夕食に誘われた時点で「仕事外」だと、信川から言われていたのだ。すぐに携帯電話を確かめてメールだけでも返しておけば、長谷がここまで心配することはなかったはずだった。

息を飲むような間合いのあと、長谷は小さく首を振った。

「いえ。俺も、感情的になりすぎました。けど、二度はないよう気をつけてくださいね。あの人、何だかんだ言って他人を丸め込んだり振り回したりするのが得意ですから」

「信川さんはそういう人じゃないだろ。それはおまえの方がよく知ってるんじゃないか？」

一基に話すより信川に口止めした方がいいと、判断したのは長谷だ。それはつまり、そうすれば確実だという信川への信用を意味している。

そして、実際に信川は一基に何も話さなかったのだ。説明すると言い出したのは経緯《いきさつ》が経緯だったからで、それも強引に押し込んではこなかった。

「……どういう意味です？　そこまで言い切れるほど、一基さんは信川さんを知ってるんですか」

「しばらく一緒に仕事してれば、およその人となりはわかるもんだろ。……ちょっと落ち着けよ、おまえ、信川さんへの態度はいくら何でも失礼すぎるぞ」

噛みつくような長谷の問いにため息混じりで返して、一基はびくりとする。

つい先ほどまで申し訳なさそうだったり厭《いや》そうだったりとめまぐるしく変化していた長谷の表情が、スイッチを切ったように消え失せていた。

「庇《かば》うんですか。一基さんは、俺よりあの人を信用するんですか？」

「……──何でそうなる。つーか、それはおまえの方なんじゃねえのか」

ひんやりと冷たくなった胸の底から、言わないはずの言葉がこぼれた。表情のないまま瞬《しばたた》いて眉だけを顰《ひそ》めた長谷を見たまま、ぼろぼろと続けて落ちていく。

「おまえ、信川さんの件でおれに嘘ついてたよな。なのに、どうやら信川さんの方はおれとおまえがどういう間柄かも知ってるらしい。それっておまえが話したんだよな？」

「あの人、いったい何を言ったんです？」

「まだ何も聞いてねえよ。説明するとは言われたけど、先におまえの話を聞くつもりでおれの方から断った。ついでに言っとくが、信川さんが説明したがったのは不可抗力ってえか、おれを気にしてのことだからな」

「どういう、ことですか」

無表情でも、目だけで感情は伝わってくるものだ。唸るように言った長谷がぎりぎりのところで怒りを抑えているのが、見ているだけでわかった。

「今日最後の立ち寄り先が二号店だったんだ。そこで店長とフロア責任者から、当時のおまえと信川さんがプライベートでも親しくしていたと聞いた」

「────」

一息に告げたとたん、長谷が目を見開く。それへ、声音を緩めず続けて言った。

「ただ苦手なだけにしてはおまえの態度がおかしいって、早い段階から違和感があったしな。

昔ならともかく、今のおまえが職場で私情丸出しにするなんてのはまずないだろ。そこに持ってきて昨夜絢ちゃんから、おれが事務所に行くようになった初日におまえと信川さんがファストフード店で話し込んでたって聞いた。たぶんその時に口止めしたんだろ?」

肯定の代わりのように、長谷が目を伏せる。すぐに目を上げ、一基を見据えてきた。

「本当は、昨夜おまえに訊くつもりだったんだ。まあ、遅くとも今日明日にはと思ってたところで、二号店での昔話を聞いたわけだ」

何かを考えるように、長谷がぐっと唇を噛む。それをじっと見つめて、もうこれはこちらから言ってしまった方が早いようだと判断した。

「信川さんて、おまえの昔の恋人だったんだろ?」

ぎょっとしたように顔を上げた長谷と、まともに目が合う。気まずげにふいと顔を背ける仕草は肯定でしかなく、何とも言えない気分で苦笑する羽目になった。

自ら焼き餅焼きだと自己申告する長谷には、一基が特定の誰かと親しくするのをわかりやすく厭がる。それにしても過剰だと感じていたことは確かだが、そこについ先ほど目の前で聞いた長谷と信川の会話と、――雰囲気の剣呑《けんのん》さとは裏腹な、つきあいの長さを滲《にじ》ませる空気が追い討ちをかけた。

決定打が、信川が長谷を呼ぶ言い方だ。

(ヨウ、よせ。乱暴な真似はするな)

（まさかとは思うけどヨウ、友部さんにいつもこんな真似してるんじゃないだろうね？）

一基とつきあう以前の長谷は、恋人と三か月続いたことがなかったという。来る者拒まず去るもの追わずでつきあってきたというその恋人たちは、長谷を「ハルカ」と呼んでいたはずだ。

本当に大事な相手にしか呼ばせたくないという、「ヨウ」という名前。それを当然のように口にした信川が、かつて長谷にとってどんな存在だったかはそれだけで明らかだ。

……要するに「特別」だったわけだ。そして、おそらくその認識はまだ完全には消えていない。だからこそ信用して、口止めを頼んだ……？

「……そんなのとっくに終わったことで、今は何の関係もないです。そもそも、あの人とのつきあいは恋愛なんてものじゃなかったですし」

低い声に濃く滲む投げやりな響きに、一基は怪訝に瞬く。それを眺めて、長谷は「ああ」と放り出すように言った。

「一基さんにとっては関係があったりするのかな。俺よりあの人の方がよくなったとか？」

「――はあ？　何なんだ、それ」

「さっきから一基さん、あの人のこと庇ってばっかりじゃないですか。ってことは、俺がいると邪魔だから一号店から追い出したいんですか？」

突拍子もない言葉をぶつけられて、唖然《あぜん》とした。

「おい、待てって。いったい何の話……」

「あの人が俺を新店舗に欲しいって言った時、一基さんは自分には関係ないって言ったって聞きましたけど?」

「関係ないってーか、おれがどうこう言っていいことじゃないだろ。おまえの仕事でおまえの将来なんだし」

そのことかと、さらりと肯定した。同時に脳裏に浮かんだのは、信川と神野が口にした長谷の夢であり希望だ。

……聞かされたのは信川と社長であって、一基ではない。自分でも妙な意地だとは承知していたけれど、長谷の夢なら直接聞きたい。だったら今は知らないままでいいと、あえて言及を避けることにした。

「それって、一基さんにとってはどうでもいいってことですか」

「誰もそんなこと言ってねえだろ。おまえの将来を決めるのはおまえであって、おれがどうこう言っていいことじゃねえよ」

店長になりたいなら――独立を考えているなら、新店舗への異動はこの上なくいい経験になる。

複数の支店を持つ「はる」であっても、次の新店舗開店がいつなのか、本当にあるのかはわからない。あったとしても、今回の長谷のように名指しで呼ばれることは稀《まれ》だろう。加えて信川は一号店傍の事務所を拠点にしているのだから、その気さえあれば事前準備にも関わることができる。

言いたいことなら、山ほどある。信川と長谷のかつての関係に気づいた今、何も知らなかった時と同じ気持ちで「好きにしろ」とは言いたくない。

けれど、ここで一基が口出ししても邪魔になるだけだ。ずっと交流が途絶えていたと断言した信川がそれでも長谷の夢を思って声をかけたなら、ここで余計な口を挟むような醜態《しゅうたい》は晒《さら》したくなかった。

一基がぐっと奥歯を噛む間も、長谷は黙ってこちらを見据えていた。

耳が痛むような沈黙が、どれくらい続いた頃だろうか。長谷が、短く息を吐くのがやけに大きく耳に届いた。

「——……一基さんの言い分は、よくわかりました」

切り捨てるような声音の響きが、妙に鋭く耳に残る。遅れてじわりと意味を理解する頃には、長谷は流れるような動作で車を降りていた。音を立てて閉じたドアに呆然《ほうぜん》としたあとで、ようやく一基は我に返る。

「……、ハルカっ——」

思わず上げた声は、どうやら届かないらしい。車から離れかけた長谷が信川に呼び止められ、無表情だったはずの顔を歪めるのが目に入った。

「似合ってる、んだよな……」

ぽつりとこぼれた声を聞いたあとで、それが自分のものだと認識した。

ハルカが美人なのは知っていたけれど、信川は十分向こうを張るのだ。一見柔らかく穏やかな印象が強いだけで、ふたりで並ぶと相乗効果がある。

ハルカといる時の自分に「釣り合わない」という言葉が投げられるのも道理だと、ごく素直に納得できてしまった。

大股に歩き去っていく長谷の後ろ姿が、街灯の向こうで暗く闇に紛れていく。それをぼんやり見送っていると、こつこつと窓を叩く音がした。我に返って顔を上げるなり、ガラス越しにこちらを見ている信川とまともに目が合う。一基が降りなければ信川は帰れないと気づいて、慌てて逆側のドアから外に出た。

「すみません、長々と、車──」

「うん、僕はいいんだけど……友部さんは大丈夫かな。早く帰って休んだ方がよさそうだ」

「……うちはすぐそこなんで、どうってことないです。それよりハルカの方を送ってやってもらえませんか。ずっと待ってたみたいなんで──」

言いかけた声が、信川の微妙な苦笑で半端に止まる。現在進行形で恋敵《こいがたき》の可能性が高い相手に何を頼むのかと、自分で自分に呆れ返った。

「いろいろお騒がせしてすみません。改めて、ありがとうございました」

意図がどうあれ、一基と長谷が話し合う場を信川が作ってくれたのは事実だ。礼とともに頭を下げた一基をまじまじと眺めて、信川は小さく笑う。

「気にしなくていいよ。こっちにはこっちの思惑《おもわく》があってのことだから」

「……はあ」

「長谷くんとの話は終わったんだよね。だったら僕の言い分も聞いてもらえるかな」

穏やかな口調で言われたのに、理解した瞬間にげんなりした。

すでに疲れ果てているのだ。仕事ならともかく、それ以外なら勘弁してほしかった。

「すみませんけど、また今度にしてもらえませんか。今日は、もう」

「……だろうね。じゃあまた明日かな」

「ハルカの異動に関してなら、おれには何もできませんよ。もう一度、ハルカと直接話してみた方がいいんじゃないですか？　その、さっきはまだ頭に血が上ってたでしょうし」

思い切ってそう言った一基に、信川は目を丸くした。ややあって、おかしそうに笑う。

「さっき話してたのはそれとは別口だよ。異動の話なら、もう結果は出てるしね」

「そ、……うなんですか？　じゃあ説明も必要ないと思いますよ。ハルカと信川さんが恋人同士だったことならもう知ってますし、だからっておれがどうこう言う気もないですから」

真面目な話、恋人の過去の相手から当時の恋愛事情を聞かされるのは真っ平だ。ついでに信川からよりを戻したいと言われても、一基に何か言えるはずもない。

「それ、長谷くんから聞いたんだ？」

「いえ、ハルカの態度や信川さんの反応や、あとふたりで話してるところを見ていて何となくそうなのかな、と。ハルカも否定しませんでしたし」

「なるほど。口止めの意味がなくなったね」

「……は？」

思わず顔を上げた一基を眺めて、信川は穏やかに言う。

「僕とつきあっていたことを黙っていてほしいっていうのが長谷くんからの頼まれ事だったんだ。あとは仕事外で友部さんに近づくな、個人的に誘うな、だったかな」

さらりと言われた内容に、何やら悪いことをしたような気分になった。

見上げる位置で、くすりと笑うのが聞こえた。

「過ぎたことを蒸し返す趣味はなし、邪魔する気もなかったんだけどね。——まあ、興味はあったんだけど」

「興味、ですか。そう言われても、信川さんが望んでるのはハルカですよね？」

「長谷くんのことはもう諦めたし、社長にも打診してない。別れた相手に興味もないしね」

「は、あ……？」

首を傾げながら、一基は「あれ」と思う。何やら話が予想外の方角に捻《こじ》れてはいまいか。

「興味があるのは友部さんの方だよ。あの時言ったように、新店舗に来てほしいと思ってる。

あと、個人的に気に入ったから言うんだけど、よければ僕とつきあってみないか？」

「――――」

空からカリフラワーが落ちてきた、ような気がした。唖然と愕然の中間を漂いつつぽかりと目と口を開けていると、信川に近く覗き込まれた。

近すぎる距離に、反射的に後じさっていた。自分のその動作で我に返って、一基はどうにか口を開く。

「ええとですね、おれ、男なんですけど」

「知ってるよ。っていうか、ハルカとつきあっててそれを言うんだ？」

「え、あ、いや！　その、だからおれにはハルカがいますんでっ」

「うん、だからわかった上で言ってるんだけど？」

和やかな笑みで言われて、言葉の内容とのギャップに目眩《めまい》がした。無意識に額《ひたい》を押さえた一基を見つめて、信川は続ける。

「最初は、あの長谷くんと二年以上続いてる恋人だっていうから、どんな人かと思っただけだったんだ。それが気は利くしよく動いてくれるし、気持ちよく仕事ができるのに感心したのが最初で、あとは何かと反応が可愛くてね。できればずっと見ていたいと思ったんだけど、こういう気持ちを好きって言うんだろう？」

「え、いやあの、待ってください！　おれ、別にハルカと別れたわけじゃあ」

「ああ。それとこれとは別だから」

あっさり言い切られて、思わず眉根を寄せていた。そんな一基を柔らかい笑みで見下ろして、信川は言う。

「僕が友部さんを好きになって、恋人がいるって理由で黙って引き下がる気になれないから正攻法で伝えただけでね。できれば一度、真面目に考えてみてもらえないか？」

「考えるって、ですからおれにはハルカが」

「気長に、でいいよ。本気みたいだから、二、三年は軽く待てると思う」

「は、あ……」

意思疎通が、微妙にうまくいっていない気がしてきた。もとい、今告白して二、三年待機とか、あり得ないだろうと胡散《うさん》くさく思えてくる。

「新店舗への異動は別枠で考えてくれると嬉《うれ》しいかな。どちらかを受けてどちらかを断るのでも構わない。異動したからって強引に口説《くど》くつもりはないから、そこは安心してほしい」

「…………」

信川の言葉の半分もうまく飲み込めないのは一基の脳味噌がショートしているせいか、それとも妄想で誤読しているのだろうか。そんな疑念を抱いたまま、一基は信川が車に乗り込むのを見届けた。

「……帰る、か」

遠ざかるテールランプを見送りながら、ぽつんと言葉がこぼれて落ちる。無意識に引き出した携帯電話には、メールはもちろん電話着信もない。

いつもの長谷だったら、帰り道や帰宅後に必ずメールを寄越すのに。

携帯電話を握ったまま、一基は歩いて自宅へと向かう。鍵穴に鍵を差し込みながら、そういえばまだ互いに合い鍵を使っていなかったのだと、そんな考えが脳裏を掠《かす》めた。

7

「一基、おまえ休憩取ってないんじゃないのか？」

ディナータイム開始ぎりぎり五分前にフロアに入るなり、待ちかまえていたらしい神野からそう声をかけられた。とても疑《うたぐ》り深い顔で、文字通りじろじろと一基を眺め上げ、眺め下ろしてくる。

なまじ顔立ちが端整なだけに、傍目《はため》にも露骨に凶悪な表情をすると迫力もひとしおだ。神野本人も自覚はあるようで、客はもちろんパートやバイトの女性たちにはまず見せない。ちなみに一基には遠慮なく向けてくるが、あいにく二桁《ふたけた》年数に及ぶつきあいで見慣れているため、反応はパターン化している。

「地顔になったら困るから、そのへんでやめとけよ」

「……はいはい。じゃなくておまえ、休憩くらいきっちりと取れよ。フロアに出るたびそれだと身が保《も》たないだろうが」

「あー、わかった。けどメシはちゃんと食ってるぞ」

「おおかた五分でかき込んでるんだろ。そうじゃなくて、僕はちゃんと休めって言ってんの。ったく、うちのじいさんも人使いが荒いったら」

呆れ顔の神野がじろりと睨んだのは社長宅がある天井方面ではなく、店の出入り口から西――今も信川が詰めている事務所の方角だ。ちなみに店内のその方角では、絢子と北原がテーブルセッティングの確認をしていた。

「忙しい思いしてんのは、おれじゃなくて社長と信川さんだろ。おれはフロアにいる方が落ち着くんだし、適材適所ってことじゃねえのか」

本日は一号店の午後休憩中に、社長と信川が什器《じゅうき》調達と搬入の打ち合わせに業者のところに出かけることになっていたのだ。

そういう時に一基がフロアに回るのは、当初から決まっていたことだ。ついでに言えばここ十日ほどは事務所の居心地が微妙なため、むしろほっとしたというのが本音でもある。

「適材適所、ね。――けどまだなんだろ?」

とても物言いたげな顔の神野が、カウンター向こうの厨房を顎《あご》で示してみせる。すでに準備中らしく物音が聞こえてくるものの、そこにいるはずの人物が顔を出す気配はない。

返事の代わりに曖昧な笑みを向けると、神野は聞こえよがしのようなため息をついた。それでも追及する気はないらしく、「んじゃな」との一言を残して厨房へと向かっていく。前後して、絢子が出入り口のプレートを裏返しに行くのが見えた。

待ちかまえていたように入店してきた客を席に案内し、オーダーを確認する。主に接客するのは女の子たちに任せて、一基はまとめたオーダーをカウンター越しに厨房に伝えた。

了解、と返った声は、聞き慣れた長谷のものだ。調理台の前で包丁を使いながら、ちらりとこちらに目を向ける。端整というより華やかと表現したくなる顔に浮かぶ笑みはきれいだけれど、一基の目には仮面にしか見えない。

「ハルカ、あのな……」

やっと声をかけた時には、長谷はすでに手元に視線を落としている。その様子が目の前でシャッターを下ろされたように思えて、言葉が続かなくなった。

「はい、何か?」

「いや、何でもない。邪魔して悪かった」

今気づいた素振《そぶ》りで向けられた笑みはきれいだけれど無機的で、一基は声を失う。十日経《た》っても慣れない長谷のその変化に、結局は退《ひ》くしかなくなった。

同じ厨房の一角で作業していた神野が、眉根を寄せてこちらを見ている。それへ小さく首を振ってみせて、一基はフロアに引き返す。ちょうど入店してきた客を席に案内し、メニュー表を差し出した。

――長谷と喧嘩《けんか》じみた言い合いをして、今日で十日になる。

あの翌朝になっても、長谷からはメールも電話も来なかった。これまでなら多少拗《す》ねていても翌朝出勤前には連絡があっただけにひどく気がかりで、事務所に着いて仕事を始めるまで、自前の携帯電話から目を離すことができなかった。

折り悪くその次の日も一基は一日事務所勤務で、一号店を覗く時間はなかった。開店閉店はもちろん、休憩時間すら見事にずれているのだから、一基が自由に動ける時間帯はもろに営業中なのだ。フロアにいるならともかく、厨房に顔を出したところで邪魔になるのが目に見えていた。

さらに翌日は長谷単独での休日だったが、やはり携帯電話に音沙汰はなかった。いつかのように仕事帰りの待ち伏せに遭うこともなく、一基はひとり帰宅して持ち帰ったコンビニ弁当で夕食を終えた。

こちらから電話することも考えたけれど、直接顔を見て話した方がいい気がした。落ち着かない焦燥を覚えながら久しぶりに一号店フロアでの仕事に入った四日目にはもう、長谷はあのきれいで作り物みたいな笑顔しか見せなくなっていたのだ。

恋人になる前のゴタついた時のように無視するでなく、棘《とげ》のある言葉や態度を見せることもしない。声をかければ笑顔で返事をするし、あの低い声で「一基さん」と呼びもする。仕事で用があれば向こうから声もかけてくるし、神野や女の子たちの目がある場所で接する機会があった時には「いつものように」笑顔で一基にじゃれてみせた。

一基にははっきりわかる、八方美人な笑顔を浮かべて。

長谷のその変化に、北原とアルバイトの瀬塚《せづか》はまだ気づいていない。多少の違和感を覚えているらしい絢子も、不思議そうな顔をする程度だ。ちなみに神野にはバレバレだったらしく、早々に一基を捕まえて「何があった？」と問いつめてきた。

（ちょっと揉《も》めた。意思の疎通がうまくいってない、んだろうな）

他に言いようがなく、そう答えた一基をまじまじと眺めて「痴話《ちわ》喧嘩にしては根が深いよな？」と口にした神野は、けれどそれきり何も訊いてこない。

仕事に支障を来していない以上、積極的に割って入る気はないということだ。相談すれば聞いてくれるのだろうけれど、あいにく一基自身にも未だに状況が理解できずにいる。

……長谷から連絡がないのならと、一基からメールはしてみた。きちんと話がしたい、時間を取ってほしい、とだけ伝えたそれへの返信はなく、念のため再送してみても同様で、そうなるとこちらから電話するのもまずい気がしてきた。以降、一日に一度のペースで同じ内容のメールを送っては、来ない返信を待っている……。

一基が知る限り、長谷は用件があって送ったメールには律儀《りちぎ》に返信する人間だ。それがこうも無視を貫くなら――こちらが嫌っているのを承知で目の前で八方美人であり続けるなら、それはつまり「怒っている」、「話す気はない」という意思表示だ。

あれ以来、長谷はあからさまに一基を切り離して見せている。それがわかるだけに、捕まえるにも話をつけるにも二の足を踏んでしまう。

あの喧嘩が原因だとしても、こちらは言うべきことを言っただけだ。むやみに謝る気にはなれないし、そうしたところでかえって長谷を怒らせるだけに決まっていた。

「友部さん、信川さんがいらっしゃってますよ。また見学じゃないですか？」

「へ？」

客足がピークになる二十時過ぎ、ほぼ満席になったテーブルと料理の流れを確認しているところに北原が声をかけてきた。見れば、更衣室から続く通路の出入り口のところにシャツとスラックスというややかっちりめの服装をした信川がいて、小さく手を振ってくる。

「今日も見学ですか？」

内心げんなりしながら声をかけると、信川はこちらの思惑を見透かしたような苦笑を浮かべた。

「邪魔だったら消えようか？」

「それはないですけど、事務所はとっくに定時ですよね。たまには早めに帰って休まれた方がいいんじゃあ？」

「せっかくだから友部さんの勇姿を見たくてね」

「はあ」と返しながら、一基は無意識にカウンター向こうの厨房を気にしてしまう。

これも、頭の痛い問題なのだ。長谷から見える場所で信川に近づくのは避けたいのに、立場上拒否するわけにはいかない。

「あと明後日《あさって》の予定だけど、朝一番で行きたいところがあるから、早めに出てきてもらっていいかな」

「了解です。車ですよね？　何時頃に――」

フロアから目を離さないまま、細かい内容を確認する。メールでもいいだろうにと思いはしたものの、下手《へた》に口に出すと困ったことになりかねないので黙っておいた。

最初から長居する気はなかったのか、信川は話を終えたあと三十分ほどフロアを眺めただけで帰っていった。その頃には客足もピークを過ぎて、フロアはやや落ち着いている。

「一基、もう時間だろ。いいから上がれよ」

「ん？　いや、けど社長出てきてないだろ」

午前中を事務所勤務で出てきた日の一基は、上がりが閉店より二時間ばかり早くなる。時間的には上がっていい頃だが、杓子定規《しゃくしじょうぎ》に行動するわけにはいかない。そのくらいよくわかっているはずなのに、神野は呆れたように鼻の頭に皺《しわ》を寄せた。

「手が足りなくなったら速攻で呼ぶって、じいさんには言い渡してある。だいたい、今うちで一番忙しいのも勝手な都合で引き回されてんのもおまえだろ。少しは自覚しろよ」

「それほど忙しくはないだろ。期限的にゆとりもあるし、スケジュールも早めに貰ってるし。坊ちゃんの我《わ》が儘《まま》で走り回ることもないしな」

「……その基準、前の職場のだよね。営業はともかく、でかいガキのお守りと比較してどうすんだよ」

いいから帰れ、と手を振られてしまった。それも、野良犬を追い払う時の「しっしっ」というアレで、だ。

さすがにむっとしてじろりと見返すと、期せずして睨み合いのような構図になった。そこに、「あの！」という高めの声がかかる。

「友部さん、もう帰られますよね。コレ、僭越《せんえつ》ですが差し入れですー」

「お？」

明るい言葉とともにずいと差し出されたものを、反射的に受け取っていた。そのあとで、渡された品がいわゆる栄養ドリンクだと気づく。

「あー……北原さん？　これはどういう」

「このところ、お疲れみたいですから。明日は定休日ですし、ゆっくりしてくださいね。ええと、余計なことだったらすみません」

どういう呪《のろ》いだか、首のところには青いリボンが蝶結びにされている。それをまじまじと眺めているうち、北原の声は尻すぼみに小さくなっていった。何やらしゅんとした様子に気づいて、一基は慌てて首を振る。

「や、ありがとう。貰っていいのか？」

「どうぞー。でも、まずは休んでくださいね……あ、わたしが行きますから！」

席を立ってレジに向かう客に気づいたのは、ほぼ同時だったらしい。機先を制するように言ったかと思うと、北原はレジへと駆けつけた。すっかり見慣れた笑顔で応対を始める。

「ほれ見ろ。北原さんから見てもおまえ、疲れてんだよ」

「あー……悪いな。そうするわ」

神野はともかく、北原にまで言われるようでは相当だ。ここは素直に帰ることにして、そそくさと更衣室へ向かった。

着替えをすませて通用口から外に出ると、通りはすっかり夜に沈んでいる。二十一時前だからかそれなりに人通りもあり、開いている店舗もちらほらと見えていた。

「お疲れさま。このまま食事でもどうかな？」

歩道に出るなりかかった声に小さく息を吐いて、一基は振り返る。

「遠慮しておきます。といいますか、信川さん、早く帰って休まないと身が保ちませんよ」

「そこはお互いさまじゃないかな。明日は定休日だから飲みもつけるけど、どう？」

「遠慮します。定休日と言っても信川さんは事務所に出られるんですよね？」

あえて別にする必要もあるまいと、事務所の休みも月に二度の一号店の定休日と合わせることになったのだ。もちろん、それ以外の規定の休みは各自で取っている。

もっとも、信川は明日そうするように定休日に出勤することもあるようだ。当初は気になったが、事前に社長の許可を得ていると聞いてからは口出しは控えている。

「午前中にちょっとだけね。……ああ、だったら明日また連絡して、その時の都合次第にしようかな。じゃあ、今夜は送って行くだけってことで」

「おれ女の子じゃないですし。方向も逆ですし、そもそも路線が違いますよね？」

「そう来るのか。手強《てごわ》いなあ……うん、じゃあまたね」

「はい。お疲れさまでした」

さらりと離れていった背中を見送りながら、信川と帰る方角がまるで違うことに感謝する。そうして、一基は自宅アパートに向かって歩き出した。

「何つーか、……マジ、なのか？」

こぼれた言葉は、心の底からの疑問だ。何がどうして、こんなことになっている。

十日前のあの時以降の変化のひとつが、信川のあの言動なのだ。本人曰《いわ》く「無理強いしない範囲で口説いている」とかで、以前よりも言葉のひとつひとつが微妙に甘くなり、今のように食事に誘われたり送ろうと言われたりが頻繁になった。

もともと気遣いのある人だったので引くほどの変化ではないものの、一基との時間を作ろうとしているのは明らかで、正直言ってとても困った。気長に考えろと言われたところで一基の答えはすでに決まっていて、だから早々に——あの翌日には、すでに返事をすませているのだ。

（異動は希望しませんし、恋人も間に合っていますので結構です）

業務報告のつもりで、ごく事務的にそう告げた。

真面目な話、仕事に限れば興味がないとは言わない。今現在関わっている新店舗立ち上げはあれこれ煩雑《はんざつ》なことはあっても面白いと感じているし、実際に開店したのちうまく軌道に乗せるのも、さぞかしやりがいがあるだろうとも思う。

けれど、そうするには状況がとんでもなさすぎる。はっきり言ってしまえば、信川の思惑がまったく読めないのだ。何しろ、一基の断りを聞いた彼はふんわりと笑ってこう言った。

（せめて、新店舗が開店するまでは保留にしておいてくれないかな。事務所を引き上げる時に、改めて返事を聞かせてほしいんだ）

いや断っただろうと、思ったものの口に出せなかった。代わりに、一基は抱いていた疑問をぶつけてみたのだ。

（何でおれなんです？　ハルカとは全然、タイプが違うでしょうに）

（うーん……何でだろう？）

きょとんとした顔で首を傾げられて、内心の突っ込みすら出てこなかった。そんな一基を楽しそうに眺めて、信川は続けたのだ。

（本気なのは確かだよ。たぶん、僕にとって最初の恋なんじゃないかな）

……吹かすにもほどがあるだろうと、思った。同時に、今の時点で何を言っても無駄なようだと悟った。

幸いにして信川は先ほどのように一基がはっきり断ればそれ以上にしつこく寄ってはこない。誘いそのものも勤務外でしか口にしないためせいぜい日に一度か二度であり、断ってもあとを引く素振りはいっさいない。それが救いと言えば救いだ。

自宅への道を歩きながら、そういえば夕飯をどうしようかと思う。ディナータイムに出るからと午後休憩に食事をしたため、まださほど腹は減っていない。けれど、閉店時刻の頃には空腹になるのが一基の常だ。

（一基さん、こればっかりじゃ駄目ですよ）

いつかの長谷の台詞《せりふ》を、ふと思い出す。

自慢にもならないが、一基は料理を作るのはからっきしだ。即席の袋麺《ふくろめん》ですら、沸騰の末でろでろに伸ばした前科がある。実家を出て一人暮らしを始めた学生時代から就職後は、好きでもないカップラーメン漬けになるのを一号店のまかないと神野からの差し入れで辛うじて避けていたような状態だった。

それが大きく変わったのは、長谷と恋人同士になってからだ。一基の自宅キッチンを初めて目にして呆れ返った長谷は、以来どちらかの部屋にいる時は必ず何か作ってくれたし、一基の部屋にも温めればいいだけの作り置き料理を置いてくれるようになってもいた。

——冷蔵庫の半分を占めていたはずの保存容器の中身は、四日前にきれいにからになった。以降、一基の自宅での食生活は、長谷とつきあう以前のものに戻っている。

「——」

食事がなおざりになっている、自覚はある。我ながらどうなんだと呆れはするものの、自分の部屋でコンビニ弁当やカップラーメンを食べているとつい考えてしまうのだ。どうして長谷が、ここにいないのかと。そのあとで「揉めたんだった」と思い出し、さらに自分が「ひとり」でいることを思い知らされてしまう。

実家を出て、とうに十年を越えている。長谷と時間を過ごすようになってまだ二年余りでしかなく、その四倍の時間を「ひとり」で過ごしてきたはずだ。なのに、どうしてこんなにも物足りないのか。

「とりあえず、食べるもの、だな」

目についたコンビニエンスストアに足を向け、その直後にチノパンのポケットに突っ込んでいたものを思い出す。フロアで北原から渡された、栄養ドリンクだ。

「……やばいか」

リボンつきとはいえ、包装も袋もなしだ。そんなものをポケットに入れて入店するのは、さすがにやめておくべきだろう。まあいいかとコンビニエンスストアの前を素通りし、思いついて栄養ドリンクを出してみた。

それにしても、リボンつきの意味は何なのか。見舞いか贈り物扱いになるのだろうか？　頭のすみに浮かんだ北原の顔を思い返して、ロッカーの前で棚上げしたはずの思考が戻ってきてしまった。

数日前に社長と信川が揃って出かけた午後、一基は一号店で通常勤務に入った。何事もなく仕事を終えたあと、神野に頼まれてフロアに残り帳簿の見直しに小一時間ほどつきあって帰途についた、その時に遠目で見かけたのだ。

私服に着替えて笑っている長谷の隣で、北原が頬を赤くしていた。拗ねたような顔だったから文句でも言ったのか、じゃれるように長谷に摑みかかる。それを軽く避《よ》ける長谷はやはり笑顔で、そのまま肩を並べて歩き去った。

長谷の自宅アパートとは、別の方角に。

「ずいぶん親しげだったよ、な……」

ぽそりとこぼれた自分の声を耳にして、ずんと胸が重くなる。

フロアで見かける限り、北原と長谷はずいぶん打ち解けているようなのだ。基本が八方美人の長谷は長期パートの水城《みずき》に弱く、絢子にも甘い。本人曰く、水城には「敵《かな》わないから」、絢子には「余計な色目を使ってこないから」と、いずれも微妙な理由を述べていた。

北原は、一号店にやってきてまだ一か月弱だ。カウンター越しに様子を見てわざわざフォローに出てくると前に絢子から聞いたけれど、直接指導すべき一基の不在が多いことを思えば長谷が気遣ってもおかしくはない。

そこまで考えて気づく。そもそも長谷は、一号店から離れたところで水城や絢子と会ったりはしない。たとえば前回の親睦会帰りのように、神野に命じられでもしない限り――。

「…………」

北原は二十代半ばで、長谷とは年齢的な釣り合いもいい。性格も明るく素直で、およそ裏表を感じさせない子だ。恋人としてつきあうにも、結婚するにも――社長と引き合わせるにも、何の不都合もない。

「いや待てって……」

それ以上考えるのはまずい気がして、ぶんぶんと頭を振った。手の中の小さな瓶《びん》を唐突に重く感じて、一基は歩きながら蓋《ふた》をねじ取る。そのまま、一気に飲み込んだ。

「久しぶりに、遊びに行く、か！」

空瓶を目についたゴミ箱に突っ込むと、自宅アパートの横を素通りした勢いで駅へと向かった。ちょうどやってきた電車に乗って向かった先は、行きつけのバー「Magnolia」だ。

賑《にぎ》やかなネオンサインの中、慣れた道を歩きながら前来た時と雰囲気が違うなと思う。そのあとで、いつもはもっと遅い時刻に来るんだと気がついた。

「……一基さん!?　こんばんは、今日は早いですね。お休みですか？」

出入り口から中に入り、カウンターに立つ年下の友人——穂の元へと向かう。シンクで洗い物をしていた彼は、一基を認めて驚いたように目を瞠った。

「いや、たまたま早上がりになってさ。飲みたくなったんで来てみた」

「ありがとうございます、嬉しいです。——ええと、ハルカさんは今日もあとからお迎えなんですね」

人懐こい笑顔で問われて、一基は一拍返答に詰まった。ややあって、気を取り直して言う。

「今日は迎えはナシなんだが、穂はおれひとりじゃ物足りないか?」

「それは、ないですけど……じゃあ一基さん、今日は最後までおひとりなんですか?」

「そ。たまにはいいだろ」

軽く笑いながら、「いつもの」とオーダーする。不思議そうな顔の穂が慣れた手つきで準備を始めるのをカウンターに肘をついた格好で眺めながら、こっそりと息を吐いた。


——断りづらけりゃ適当にフェードアウトして構わないしさ。

耳元でそんな声を聞いた気がして、ふと目が覚めた。色濃く残る眠気に傾きながら、一基は自分が横にならず座ったままだと気づく。

テレビでも見ながら寝てしまったのか。だったらベッドに移った方がいい。そう思い、身《み》動《じろ》いでから気づく。明らかにソファともラグの上とも違う尻の下の感触は、自宅以外の馴染みの場所のものだ。突っ伏した先も、ローテーブルではなく――。

「…………！」

文字通り、飛び起きていた。弾みで椅子《いす》から転げ落ちそうになって、慌てて目の前のカウンターにしがみつく。その耳に、よく知った声が聞こえてきた。

「気分はいかがですか？」

「あー……悪い、寝て、た……？」

顔を上げた先に、ことんと音を立てて氷入りのグラスが置かれる。「どうぞ、水ですよ」と言われて素直に呷《あお》ると、こごっていた頭の中がじんわりとクリアになっていくような気がした。中身が半分になったグラスをカウンターの上に戻して、一基はカウンター向こうで片づけをしているらしい相手――バー「Magnolia《マグノリア》」マスターのシンに頭を下げる。

「ごめん、もう閉店してるんだよな？　すぐ帰るから」

すでにBGMは消え、店内はいつもより少し明るくなっている。客の姿はどこにもない。

「いえ、一基さんはそのままで。それ、飲んでしまってください」

「いや、けどさ」

「穂が、用があるらしいんですよ。今日は休みで、特に予定もないんですよね？　だったらつきあってやってください」

静かな笑みで言われて、反論する気が失《う》せた。冷たいグラスに手を伸ばしながら、一基はもう一度店内を振り返る。

「あれ、そういや穂は？」

「掃除中です。フロアは終わったので、洗面所あたりですかね」

「そっか。……ここにいて、邪魔になったりしないか？」

「それはないですねえ。むしろ、このまま一基さんを帰したあとの方が怖いかな」

「何だそりゃ」と軽口を返しながら、一基は残りの水に口をつける。思いついて訊いてみた。

「おれ、暴れなかったか？　無理難題言ったりとか」

「ないですね。そもそもいつもの半分も飲んでないです。酔っぱらう前に寝てしまった感じだと思いますよ」

苦笑混じりの返答に、そのまま寝かせておいてくれたのかと申し訳ない気分になる。端とはいえ、数少ないカウンター席を占領してしまったのは間違いない。

精算とは別に、何か詫《わ》びをしておこう。思いながら、一基はシンがカウンターから出ていくのを見送った。ひとりになって、小さく息を吐く。

「フェードアウト、か……」

（駄目だと思ったらそっちから連絡しなきゃいいんだよ）

（誘いは理由つけて断って、電話も少しずつ居留守の回数増やしてって、メールの返事も遅

らせて短く素っ気《そっけ》なく)

脳裏によみがえったいつかの元同僚の言葉を反芻して、いきなり気がついた。それは、一基の現状そのままではないだろうか。

長谷からの連絡はなく、こちらから行動しても反応がない。結果、一基から連絡しづらくなって、どんどん距離が空いている。

まるで、恋人同士だったことなどなかったかのように。まともにいがみ合いをしていた恋人未満だった頃の方が、まだ長谷の本音が見えたくらいに……。

「要するに、別れたいってことか……?」

喉の奥からこぼれた声は、ほとんど声になっていなかった。

ため息混じりに、カウンターに突っ伏した。がつん、という音とともに額に衝撃と痛みが走ったが、それよりもたった今気づいた事実の方が痛い。

カウンターにぐりぐりと額を押しつけていると、「一基さん?」と呼ぶ声がした。

穂だと察してため息を押し殺す。弟と同世代の穂の前でみっともない真似はしたくない。よし、と気合いを入れ、身を起こして向き直った。

「ごめんな、寝ちまうとは思ってなくてさ」

「いえ、気にしないでください。……あの、一基さんは今日お休みですよね。だったらうちで朝ごはん、食べていってください」

すでに着替えをすませていた穂に気遣うような笑顔で言われて、何となくほっとした。とはいえこの上甘えるのはどうかと思えて、一基は「いや、それは」と断りにかかる。

「うち、この上ですし。大したものは作れないんですけど、ちょっとだけ」

ね、と笑顔で言われたら、もう断れなくなった。戸締まりにかかる穂とシンについて、一基は「Magnolia」を出る。促されるまま、ビルのエレベーターに乗った。

去年に一度だけ立ち寄らせてもらった時にシンから聞いた話だが、穂の住まいは「Magnolia」のオーナーの持ち物で、店の倉庫も兼ねているのだそうだ。

「どうぞ。ちょっと散らかってますけど」

先に中に入った穂が廊下の明かりを灯《とも》し、ぱたぱたとスリッパを出してくる。まっすぐ奥に延びた廊下の先には閉じたドアがあって、他にも左右に複数のドアが見えていた。

前に来た時は酔って正体不明になった穂を送り届けてすぐに帰ったため、こんなふうに落ち着いて室内を見る心境になかった。それでついきょろきょろと見回していると、右手にあるドアに鍵穴があるのが目につく。特定の部屋に外鍵があるのかと怪訝に思いながらスリッパに足を入れた時、背後にいたシンが気がついたように言った。

「そこのドアがうちの倉庫です。以前は不特定多数が出入りすることもあったので、念のため鍵をつけてあるんですよ」

「へー……まあ、その方が落ち着くよな」

頷きながら、穂を追って奥のドアの先に足を踏み入れる。確かそこはリビングダイニングで、ソファセットやテレビといった家具家電が揃っている割に生活感がなく無機的な空間になっていたはずだ。

そのイメージは、けれど大きく覆《くつがえ》された。ソファセットもテレビもそれが載った台も変わりないのに、やけに落ち着くゆったりとした場所になっている。改めて眺めてみれば、複数あるソファにはそれぞれ濃淡が違う柔らかいベージュのカバーがかけられ、ローテーブルの上にはオブジェのような木製のリモコン入れがさりげなく置かれていた。

「すぐ朝ごはんにしますから、一基さんとマスターは座っててください」

笑顔で言って、穂はキッチンに入っていく。それを突っ立って眺めていると、どこからかクッションを手にしたシンが戻ってきた。「どうぞ?」と一基に言い、本人は当然のようにソファに腰を下ろす。

「慣れてんな。勝手知ったるってヤツか。ってか、シンも一緒なんだな」

「夕飯は俺が提供する代わり、朝食はここなんです。あと、以前ここに住んでいたので」

「へ。そうなのか? 何で引っ越したんだ?」

「下手を打って客にバレて、ちょっと面倒なことになったからですね」

さらりと返った言葉に、なるほどと納得した。

一号店の常連の中には、閉店後の長谷の出待ちをする者もいるのだ。シン目当てに

「Magnolia」に通っている相手に住まいを知られたなら、面倒が起きるのも道理だろう。

さほど待たされることもなく、キッチンから準備ができたと声がかかる。手伝いに向かうシンを追いかけようとしたら、いいから座っているように言われてしまった。

「いや、けどさ」

「俺と穂にはいつものことですから。一基さんを動かすと、穂に叱《しか》られそうですしね」

それはないだろうと即答したくなるような台詞を吐いたシンと、一生懸命そのものの顔の穂がテーブルの準備をしていく。それをソファに座って眺めながら、ここにいるのが自分でよかったのかとちらりと考えてしまった。

「ええと、今さらですけど、口に合わなかったらすみません」

用意された朝食は、味噌汁にごはんに煮魚に小鉢という純和風だ。仕事上がりの朝にここまでやるのかと素直に感心し、口に運んでみて味のよさに感動する。

気の置けない相手と食事をするのは、ずいぶん久しぶりだ。話題は互いの近況や最近の出来事に終始したが、奇妙なことに長谷の話題はほとんど出なかった。

それが意図的なことだったとは、じきに知れた。からになった器を穂が下げる傍らに食後のコーヒーを淹れてくれたシンが、三人揃ってソファに落ち着くなり唐突に言ったのだ。

「で、ハルカと何があったんです？」

気が緩んでいたせいで、危うくカップの中身をぶちまけそうになった。辛うじて堪《こら》えたもの縁から溢《あふ》れた中身が白いカップの外側にラインを描いてしまい、ソファやラグにこぼさないよう急いでソーサーに戻す羽目になる。

「別に、これといって何もねえよ」

平然とした顔を作りながら、一基は内心で臍《ほぞ》を嚙む。

一基が飲みに行くことに関して、長谷は過剰なくらい過保護だ。ひとりで行くと告げると必ず反対されるし、それでもと押すと「じゃあシンのところで」と条件をつけてくる。さらに、「俺が迎えに行くまで動かないでくださいね」と念押しまでする。

どんなに忙しくても、どれだけ一基が大丈夫だと言い張っても絶対に譲らない。それが長谷だということを、目の前のふたりは一基と同程度に知っているのだ。そんなことにも気づかず「Magnolia」に足を運び、あげく寝落ちした自分に今になって呆れ返った。

「たまにはひとりで飲みたい時もあるだろ。いちいち気にすることじゃないって……」

軽く言い放ったあとで、じいっと見つめてくる穂とまともに目が合う。揶揄《やゆ》の色など欠片《かけら》もないまっすぐな視線は、何かを訴えてくるようだ。隣のシンも黙って見返すばかりで、これはもう無理だと観念するしかなくなる。

「ちょっと揉めてな。要は喧嘩したわけだが、そう大したことじゃねえよ」

「ハルカが一基さんと喧嘩した時点で、十分大したことだと思いますけどね」

「何だそりゃ。喧嘩くらい誰でもするだろうが」

首を竦め、改めてカップを持ち上げる。口に含むと、いい香りが鼻から抜けていった。

一基のその様子をじっと見つめて、シンはおもむろに言う。

「実は、一基さんが寝ている間にハルカに連絡したんです。状況を説明して、迎えに来い、と。……行かない、という返事でした」

「――――」

背後から、思い切り頭を殴《なぐ》られたような気がした。

「行けない」ではなく、「行かない」。つまり、不可能なのではなくその気がない、ということだ。妙に冷静に考えて、直後にすとんと納得する。

ということは、やはり今日までのアレはフェードアウトで間違いなかったわけだ。そして昨夜、長谷は明確に意思表示をした。

「行かない」――つまり、もう一基とは関係ない、と。

「……そっか。なるほど」

喉からこぼれた声が不思議なくらい落ち着いて聞こえることに、首を傾げてしまう。そうして、どこかで「あり得ない」と信じたがっていた自分を思い知った。

「一基さん。その」

長く続く沈黙に堪《た》えかねたのか、シンが窺うように言う。それを聞いて、ようやく一基は我に返った。

「あー……うん。その、な」

どこまで言うのか、それとも言わないのか。判断がつかず言葉を濁しているうち、じいっとこちらを見つめている穂が今にも泣き出しそうな顔をしているのに気がついた。

「まあ、アレだ。ハルカからフェードアウト？　されてる真っ最中らしいんだよなあ」

考える前に、頬がへらりと緩むのがわかる。笑おうと思っているのではなく、笑うしかないという心境だった。

すとんと落ちた沈黙に、申し訳ない気分になる。やはり「Magnolia」に顔を出すべきではなかったと反省していると、息を飲み込んだ穂が縋《すが》るような声で言う。

「……あの、嘘ですよね？　そんなの、あり得ないと思うんですけど」

「んー……けどなあ、人間って変わっていくもんだし、これぱっかりはどうしようもねえんじゃないか？」

自分の声の淡々とした響きを、何だか他人事のようだと思う。それよりも、穂の泣きそうな表情の方が気にかかった。

「だ、で、でもっ」

「――何がどうして、そんなことになったんです？　さっき、揉めたって言ってましたよね？」

穂を制して言うシンのその問いに、「そういえば」と思い返して失笑した。長谷がなぜあれほど腹を立てたのかを、一基には未だに理解できずにいるからだ。

長谷との約束を破って信川と食事に行った。けれど、一基にとってあれは仕事上のつきあいのうちだ。

長谷の異動について、口出しのいっさいを控えた。そもそも職場での異動に本人の意思が反映されることは稀で、会社によっては逆らうイコール左遷か自己退社だ。「はる」に関してはある程度本人の意向も汲《く》んでもらえるとしても、決断するのは長谷本人であって一基ではない。本人の中に秘めた目標があるのなら異動する利は大きく、だからこそ長谷が自分ひとりで決めるのが一番いい。今でもその考えは変わらないし、次に似たようなことがあったとしても一基は同じように考えるだろう。

それが気に入らない、だから別れると言われたら——いったいどうすればいいのか。

「ごめんな。けど、穂やシンに迷惑はかけないようにするから」

「Magnolia」はもともと長谷の行きつけで、それ以前にシンは長谷の昔からの友人だ。穂にしても、先に知り合ったのは長谷であり一基はその縁で親しくなったに過ぎない。

——プライベートとなったら、長谷は今以上に一基を避けるだろう。そうなった時、間に立つのは穂とシンだ。シンは平然と黙殺するだろうが、穂はきっと気を揉むに違いない。

「……ハルカと別れたらうちに来ないとか、言うつもりじゃないでしょうね？」

きょとんとしたままの穂をよそに、シンが胡乱な顔でため息をつく。

ぎょっとしたように腰を浮かせた穂が、まっすぐにこちらを見つめてくる。素直すぎる視線に罪悪感を覚えながら、一基は慎重に言葉を選んだ。

「もともとの常連はハルカで、おれはそのおまけみたいなもんだろ」

「そんなことないです！　一基さんだって大事な常連さんですっ」

必死な声で言う穂に、つい苦笑した。

「そう言ってくれるのはありがたいんだが、何しろハルカは有名だからな。常連の中でも知り合いが多いだろ？　別れたあとの出入りって、キツすぎると思わねえか？」

一基が「Magnolia」に出入りするようになってから、まだ二年半ほどだ。当初から長谷の恋人としてやってきたこともあって、知り合いもほぼすべて長谷絡みになる。

こちらを見る穂の目が、今にも泣き出しそうに見えた。

「――……本気ですか。本当に、別れちゃうんですか……？」

「本当にってえか、ハルカにその気がないもんはどうしようもねえしな」

返す声は、自分のものとは思えないほど穏やかだ。実際、口が動いているのはわかるのに自分が話している気がしない。

「で、も。そんなの、まだ……っ」

「メールの返信が来ないんだよな。日に一度、話したいから連絡くれって送ってるんだが」

目を瞠った穂が、シンに肘を引かれてソファに座り直す。それへ、言葉を探して説明した。

「事務所勤務がちょいちょい入るんで毎日一号店に行くわけじゃないんだが、何度も顔は合わせてはいるんだ。なのに、あいつは何も言ってこない。メールも電話もないし、待ち伏せされることもない。顔を合わせればそれなりに話はするんだが、それが全部フリに見えるんだよなあ」

「フリ、ですか。それはどういう……？」

「同僚として、そこそこ親しいフリ。話はするしじゃれてくることもあるんだが、職場内で人目がある時限定で、そうでなければ近寄ってもこない。プライベートでは一度も会ってないし、連絡もない」

すでに言葉がないらしく、穂は顔を歪めてこちらを見つめるのみだ。シンはと言えば、腕組みをしたまま黙っている。

「もうひとつ、これが決定打なんだけどさ。あいつ、おれの前でも八方美人の優等生になってるんだよ」

「……八方美人の優等生、ですか」

意味がわからない、という顔で瞬いた穂とは対照的に、シンは何やら得心した様子だ。それを眺めて、遅ればせに気づく。そういえばずっと前、一基がこの言い回しで長谷を表現したことを知るのは、当の長谷とその幼なじみに対してだけだったか。

「一基さんに甘えないわけですか。うちのバーで周りに見せる、判子《はんこ》みたいな笑顔で一基さんを見るとか？」

「我が儘もなくて、常に一歩退いてるな。どこの誰だってくらい行儀がよくて気色悪い。……おれが知ってるハルカじゃない。だったらもう、あいつは決めてるんだろ」

シンと一基のやりとりで意味を悟ったらしく、穂がぎゅっと唇を噛む。それを眺めながら、十日もの間、これほどわかりきっていたことから目を逸らしていた自分を思い知った。

誰にでも優しく人懐こく、滅多に怒ることがない。対外的な長谷へのその評価は、けれど出会った時から一基にはあり得ないものでしかなかった。

何しろ初対面から突っかかられて言い合いになったからだ。当時の神野や絢子が長谷のその態度を珍しいと評していたこと事態が、一基には信じがたかった。

犬猿の仲と言われ何度となく嫌みの応酬をした果てに恋人となって、初めて長谷のそれが素だったのだと――どういうわけかあの男は最初から一基には八方美人を向けなかったのだと気がついたのだ。

一基の前では我が儘で我の強いお子さま気質で、それを隠さないことに安心していた。素直に感情を見せてくれることがいつか当たり前になって、あるいはそのせいで気づかなかったのかもしれない。

あの言い合いの時、長谷が見せてくれたかもしれないサインを、見逃してしまったのかもしれない……。

つらつらと考えて、ふと思い至る。けれどあの時、長谷は信川を前にしても感情を剝《む》き出しにしていたのではなかったか。だとしたら、きっと――。

「……今でも信川さんは特別、ってことか」

ぽつりとこぼれた声を、辛うじて低くする。これ以上のことを、穂やシンに告げる気にはなれなかった。

8

「悪いことしたたな。穂が気にしなきゃいいんだが」

「ああ……無理だと思いますよ？」

ビルを出てすぐ、どうにも気になって振り返った一基に、隣を歩いていたシンは見事なまでにさっぱりと返してくれた。

「おま、そこまで言うか？」

「穂がどれだけ一基さんを慕っているかは、よく知っているつもりですから」

「あー……」

シンの声に棘はなかったものの、含みがあるのは伝わってきた。それも当たり前かと、一基は今さらに反省する。

かつて長谷の恋人だったはずのあの青年は、どういうわけだか一基にとても懐いてくれているのだ。昨夜の「Magnolia」での処遇は穂がシンに頼み込んでくれた結果だろうし、朝食にというのもこちらの様子がいつもと違うと気づいた上でのことに違いない。

「申し訳なかったな。甘えすぎた」

「一基さんと一緒にいられること自体は喜んでましたし、朝食の時も張り切ってましたからいいんじゃないですか？　ふだん甘やかされてばかりだと思っているようですし」

「いや待て、おれはそこまで穂を甘やかした覚えは」

「一基さんになくても本人はそう思ってるんですよ。ついでに傍目には穂の言い分の方が正しく見えます」

「……そういうもんか？」

シンに促されて駅へと向かいながら、一基は首を傾げてしまう。

夕刻から深夜に働くシンと穂は、これからが休息の時間だ。変に気に病まなければいいがと思いながら、一基は別れ際の穂の顔を思い出す。

（バーには出入りしなくなるかもしれねえが、穂には連絡するよ。都合がいい時に食事か飲みに誘うからさ）

折衷案のつもりで切り出した一基に「はい」と頷きながら、穂は無理に作ったような笑みを浮かべたのだ。俯《うつむ》き加減に肩を落とす様子がどうにも気になって、けれど原因が自分だと思うとそれ以上の言葉が出てこなかった――。

「一基さんに、これから少し時間をいただきたいんですが」

「ん？」

「Magnolia」の最寄り駅が見えてきた頃、唐突にシンが言う。思わず目をやった先、いつもより神経質そうになったシンの表情を認めて困惑した。

「ハルカのことだったらもういいぞ。今さらだろ」

「興味が失せましたか。ハルカを見捨てると？」

「……あのなあ、何でそうなるよ。フェードアウトされてんのはおれの方だって言ったろ」

さすがにむっとして言い返した一基に、シンはけれど冷静に言う。

「そうらしいですね。ですが、俺としてはハルカがまた荒れるのは避けたいんですよ」

「荒れる……？」

「そういうわけなんで、少しだけつきあってください」

シンらしくもなく、強気で押し込まれた。

迷ったものの、「荒れる」という言葉が気になったのは確かだ。最終的に、一基はシンの誘いに応じることにした。

駅からいつもとは違う路線の電車に乗り、三つ目の駅で降りる。歩いて十分ほどの距離にある中層マンションの七階の一室に案内された。

「ここ、シンの家なのか。……新名《にいな》、紘彦《ひろひこ》？」

施錠を外すシンの肩越しに、玄関ドア横の表札に書かれた文字が目に入る。声を上げて読み上げたあとで、そういえばシンの本名を知らなかったことに気がついた。

「ああ、だからシンなのか」

「そういうことです。まあ、店用の呼び名なんですけどね」

苦笑混じりに言ったシンに、開いたドアの中へと促された。言われるまま靴を脱いで廊下を先に歩くと、リビングダイニングらしい広い部屋に辿りつく。

すでに日が昇った今、戸外はすっかり明るい。何気なく見回した室内は南向きらしく、斜めに差し込む日の光で満ちていた。

「適当に座っててください。お茶淹《い》れてきますんで」

「あー……うん、よろしく」

素直に返して、一基は手近なソファに腰を下ろす。ぐるりと室内を見渡して、「おや」と思った。ここはシンプルを通り越して殺風景だ。さっきまでいた穂の部屋のリビングと比べて、どことなく落ち着かない。

「――ところで信川って人ですけど、一号店にはいなかったはずですよね。今回一基さんにまで絡んできてるってことは、今やってるイレギュラーな仕事の関係ですか」

マグカップを両手にそれぞれ持ってキッチンから出てきたシンに、のっけから言われてぎょっとした。

「聞こえてたのかよ。——つーか、おまえ信川さんのこと知ってんのか？」

差し出されたカップを受け取りながら、一基は訝しく眉を寄せる。

シンは長谷の古い友人だ。二号店にいた頃食べに行ったことがあるなら、信川を見かけた可能性はある。当時恋人同士だったなら、一基がそうだったように紹介されたのかもしれない。

「面識はないですけど、ハルカが昔つきあっていた相手にそういう名前の人がいたことは知っています。ってことは、揉めたきっかけはその人ですか。一基さんが絡まれたのを知ってハルカがキレたか、おかしくなった？」

「……どっかで見てたんじゃねえだろうな。てーか、ハルカと信川さんがヨリ戻したとは思わねえのかよ」

マグカップを手にしたまま、無意識に身体が逃げた。そんな一基をよそに、シンは真向かいのソファにゆったりと腰を下ろす。

「まさか。あり得ないと思いますよ？」

「おい？　おまえ、何でそこまで——」

言いかけて、どこまで突っ込んで訊いていいものか一基は悩む。

もはや自慢するしかないが、一基にとって長谷は初めての恋人であり、今回のコレはいわば初めての喧嘩だ。前にあった一基の弟絡みのごたごたは、結局長谷が余計な気を回していただけで喧嘩ですらなかったのだ。

そういう内容を、共通の友人に話してもいいものなのか。考えて数秒後、一基は早々に懸《け》念《ねん》を放棄した。

みっともないのは今さらだ。このまま放置で確実に別れることになるのなら、この際あがいた方が後悔せずにすむ。

「何か知ってんのか。——訊いていいのか？」

改めて顔を上げ、おもむろにシンを見る。すると、待っていたように頷かれた。

「とは言っても、以前のハルカはつきあっている相手のことを詳しく話そうとしなかったので、俺が知っていることはごくわずかなんです。信川、という名前を聞くようになったのはハルカが就職して間もない頃でしたが、それから一年経った頃にハルカがとんでもなく荒れていたことがあって」

その時に、やはり「信川」という名を聞いたのだそうだ。

「ハルカが以前いた店舗の厨房スタッフで、名前が信川。一致していたらまず間違いないと思いますよ」

「そりゃまた、……完全一致ってヤツじゃねえか」

「やっぱりですか。だったらハルカが荒れても無理もないでしょうね。それで一基さんにちょっかい出された日には、とんでもなく厭がるはずですし」

「いや待てって」

どうしてそこまでわかるのかと、無意味に遮ってしまった。唖然としている一基を眺めて、シンは珍しくとても厭そうな顔をする。

「ハルカが一基さんを嫌うとか避けるとかは、まずあり得ないんですよ。ですが、そこで信川の名前が出てくるなら納得できます。ハルカがとんでもなく荒れたのはその人と別れた時ですし、来るもの拒まず去る者追わずになったのもそのあと急に、でしたからね」

「……あー、悪い。ちょっと考えさせてくれるか」

あまりに予想外のことを言われて、他に言葉が出なかった。待つ体勢になったシンがカップを口に運ぶのを見ながら、一基は情報を整理してみる。

一基とつきあう以前の長谷は、来るもの拒まず去る者追わずだった。おまけにその「恋人」も言わば早い者勝ちで、長谷がひとりになった時に一番に声をかけた相手とつきあっていた、という。

今でもよく覚えているが、長谷本人からそう聞いた時は心底呆れた。同時進行で複数とつきあうことは絶対にないと言われたのを、心底意外に思ったほどだ。

そして、そうなった理由も一基は長谷本人の口から聞いているのだ。

「おれはハルカ本人から、好きな相手から好きになってもらえたためしがないからだって聞いてるぞ」

「それも間違いではないと思いますよ。確率百パーセントで自分から告白した相手に振られてますしね」

「……シン、おまえも身も蓋もないよな……」

「ハルカ本人が言ってることですし、別にいいんじゃないですか？」

素っ気なく言い放つシンを見ながら、そういえば恋人になる前の長谷には彼女いない歴イコール年齢だったのを見事に馬鹿にされたのだったと思い出した。

その僻《ひが》みもあって、あの端整としか言いようのない見てくれで言う台詞かとむっとしたのだ。もっとも実際に恋人になってみれば、長谷という人間は外見からはギャップありまくりの中身お子さまだったのだが。

「信川とつきあうようになるまでは、ああじゃなかったんですよ。ちゃんと好きな相手にアプローチして、玉砕して落ち込むくらいまともだったんです。さっき一基さんが言ったような八方美人な笑い方もしなかったし、表情も豊かでした」

しみじみと続いた声音に、一基はおとなしく耳を澄ませる。

「そのハルカが信川の名前を呼んで、あり得ないくらい荒れて言ってたんです。最初からまともに相手にされてなかったらしいだとか、そもそも恋愛じゃなかっただとか」

（あの人とのつきあいは恋愛なんてものじゃなかったですし）

十日ほど前の言い合いの時、長谷の口から出た言葉が脳裏によみがえる。同時に、違和感につい眉を寄せてしまう。

「それ、おかしくないか。つきあってたんだろ？」

「そのはずですし、少なくともハルカは本気だったと思いますよ。あんな荒れ方を見たのはあれが初めてでしたから」

「ふーん……」

要するに、別れた具体的な理由を知るのは当事者のみ、というわけか。短く頷いたあとで、ふと思い出す。長谷に恋愛じゃなかったと言わせた信川の、一基へのあの告白はどういうものなのか。

（たぶん、僕にとって最初の恋なんじゃないのかな）

ある意味整合性はあるわけだ。言われたのが一基自身だということには、どうにも違和感を拭《ぬぐ》えないけれども。

「あと、昨夜のハルカへの電話の件なんですが、実は続きがあるんです」

「続きだあ？」

つい苦い顔になったあとで、まずかったかと慌てた。そのあとで、見るのがシンならまあいいかと思い直す。その変化の意味に気づいたのかどうか、シンは少し笑って言う。

「一基さんには、他に迎えに行く人がいるはずだ、と言ってました。心当たりは――ない、みたいですね？」

どうしてそうなる、と思ったのが露骨に顔に出ていたらしい。問いかけを確認にすり替えたシンは、不可解そうな顔になっていた。

「あるわけねえだろ。こちとら、ハルカに会うまで恋人イナイ歴イコール年齢だったんだよ」

「……マジですか」

「長く不毛な片思いしてたからな。それがなくともこの顔じゃ女の子は寄ってこねえし」

ここ最近、自ら古傷を抉《えぐ》る羽目になる頻度が上がっているのはどういうわけなのか。真面《まじ》目《め》にげんなりした時、シンは声音を変えた。

「なのに、ハルカはそう思ってるわけですか。——何か根拠があるはずですけど」

「根拠、なあ」

そう言われても、心当たりがないものはどうしようもない。迎えに来させると言う以上女の子ではないだろうし、まさか今さら神野を引き合いに出すとも思えない。

「……あれ、そういや何で今の話、穂んとこで言わなかったんだ?」

信川関係はともかく、電話の話なら一度に言えばいいのに怪訝に首を傾げると、シンはあっさりと言う。

「一基さん以上に穂が気に病みそうでしたから。どのみち、信川って人に関することは穂の耳に入れる必要はないかと」

「あー……そりゃそうか。何かすげえ心配かけてるっぽいしなあ。で、ハルカの事情をおれには話していいわけか?」

「ハルカが荒れると困るんですよ。それでうちの店に出入りされた日には、影響が大きすぎます」

しれっと返されて、その言い方に苦笑した。要は長谷を心配しているのだと察したものの、あえてそれは言わないことにする。

「さっきの根拠ですけど、信川絡みで何かあったんじゃないですか? 揉めた原因も、たぶんそれですよね」

「なかったとは言わねえが、まず関係ないだろ。ハルカは知らねえはずだし」

胸を張って言い切ったら、目の前のシンに微妙な目で見つめられてしまった。結果、一基はぼそぼそと白状する羽目になる。

「新店舗に勧誘されたのと、つきあってくれって告白された」

「……十分あるじゃないですか、根拠」

「いや待て、勧誘の件は機会がなくてハルカには言いそびれてるし、告白なんか長谷が帰ったあとでされたんだぞ。それでいったいどうやって」

「一基さんに機会がなくても、信川もそうだとは限らないでしょう。といいますか、新店舗に勧誘ってその人、どういう立ち位置になるんです?」

心底呆れた顔で問われて、それもそうだとようやく気づく。とはいえ、あのふたりがわざわざ会っている可能性はとても低い気がするのだが。

「三か月ちょっと先に開店する予定の、『はる』新店舗の店長なんだよ。今は、一号店の近くの事務所で準備に当たってる。おれは社長命令でその補佐についてる」

「……補佐ってことは、常に一緒ですか」

「常とは言わないが、一緒に行動することは多いな。おれは時々、一号店フロアに行くから必ずってわけじゃないが」

何とも言い訳じみている気がしたが、歴然とした事実だ。

「なるほど、それで少しわかってきました。で、結果一基さんは信川って人に気に入られたわけですか」

「気に入られた、ねえ……正直、そうなる理由が不明なんだがな」

「今、告白されたと言ったじゃないですか」

「速攻で断ったぞ。ハルカ以外の野郎なんざお断りだっての」

け、とばかりに言い放ったら、シンはわずかに頬を緩めた。目元を眇《すが》めて言う。

「それ、ハルカにそのまま言ってやってくれませんか」

「プライベートで避けまくってくれる八方美人にどうやってだ。つーか、どっちかってえと信川さんはハルカとヨリを戻したいんじゃねえかと思ってたんだよな。補佐に入った初日早早に、新店舗にハルカを欲しいって言ってたしさ」

一基の言葉に、シンは露骨に顔を歪めた。

「ハルカが荒れたのって、それ聞いたせいもあるんじゃないですか？　といいますか、その件はハルカも知ってるんですよね？」

「喧嘩した時は知ってたが、どうしたいとも言わなかったな。それよりおれに、自分が異動しても構わないのか、何とも思わないのかってしつこく訊いてきた。――あれもよくわからなかったんだよなあ、てめえのことだろうにおれがどう思うかを気にしてどうすんだよ」

「――……一基さん。もしかして今のそれ、ハルカ本人に言ったりしました？」

先ほどまでより低い声に問われて、一基はきょとんと顔を上げる。真顔のシンと目が合って、怪訝に瞬く。

「言ったぞ」

「それで、ハルカは何と？」

「何ってーか、関係ないってどういうことだとかどうでもいいのかとか……あと、何で信川さんを庇うのか、とか。で、最後には一基さんが言いたいことはよくわかりましたとか言って、それきりだ」

答えた一基を、シンは真顔のまま見つめている。妙に間延びした沈黙を破って言った。

「一基さんは、ハルカが異動になっても何も思わないんですか？」

「いや？　思うところなら山ほどあるな」

「なのに言わなかったんですか。どうしてです？」

真顔のまま問いを重ねるシンの様子に、一基はうっすらと気づく。――もしかしたら、長谷が怒った原因はソコだったのだろうか。

過去二年余りのつきあいの間も、長谷はやたら一基の言質《げんち》を取りたがった。思い返してみればそれはすべて、一基の気持ちを言葉にするようねだるものばかりだ。

（一基さん、俺のこと好きですか？）

繰り返し、長谷が口にした言葉が耳の奥によみがえる。その瞬間、急に気がついた。だから「そう」だったのかと、消えなかった疑問がすとんと落ちていく。

短く息を吐いて、一基はシンを見る。恋人の古い友人に、さっくりと告げる。

「言ってどうすんだよ。まずはハルカが自分で決めなきゃ、どうしようもないだろうが」

9

通勤ラッシュというのは、こういうものだったろうか。

駅前にあるファストフード店の窓際の席から外を眺めて、まず思ったことはそれだった。

ちょうど通勤時間帯に当たる今、地下鉄と私鉄とＪＲ線の駅が近距離で固まったこの駅周辺は人で溢れている。ほんの数年前までは一基もその一員だったはずだが、耐性というのはいったん離れてしまうとあっさり消えてしまうものらしい。正直、あの中にまぎれて改札口に向かおうという気がしない。

だからこそあえて進路を変え、ここに入ったのだけれども。

小さく息を吐いて、一基はマグカップを持ち上げる。届いたコーヒーの香りに、別のものを頼めばよかったかとふと思う。

今朝はすでに穂のところと、シンのマンションでもコーヒーを飲んできたばかりなのだ。通勤時間帯が過ぎるまでゆっくりしていけばいいとシンは言ってくれたけれど、これから睡眠を取る相手にそこまで甘える気になれず、少々強引に出てきてしまった。

ため息混じりに、テーブルの上の携帯電話に視線を落とす。先ほどから開きっ放しの端末にはメールも電話も着信はなく、つまり長谷からは相変わらず連絡がない。

ふと思いついて、一基は送信メールフォルダを開く。昨日長谷に送ったメールの文面は、「話があるから都合のいい時に連絡して欲しい」だ。

「……馬鹿じゃねえのか、おれ」

喧嘩だと思っていたし、うまくこちらの意図が伝わっていない気がした。下手に長文で言い訳するより面と向かって話した方がいいと考えて、この文面にしたのだ。

それが間違っていたとは思わないが、シンが言うように長谷が荒れていたのだとしたら――こちらの意図を誤解し混乱していたら、別れ話の呼び出しに見えたのではないだろうか。

「だったら、呼び出す前に言うこと言っとかないとなあ……だったらメールよりは電話の方がいいか。出なきゃ出ないで留守録があるし」

算段しているうち、窓から見える人波はずいぶんまばらになっていた。そろそろかと席を立って、一基は大股に駅へと向かう。自宅沿線の電車に乗り、流れていく窓の外を眺めた。

シンの話は、おそらく大枠で間違ってはいない。一基がそう思うのは、あの喧嘩の時、他でもない長谷がそう言うのを聞いたせいだ。そして信川からも、まったく別の言い方で似たような言葉を聞いている。

(僕にとって最初の恋なんじゃないかな)

「……どういう意味なんだかなあ」

悩みながら電車を降りて、まっすぐ自宅アパートへと向かう。まずはとシャワーを浴びて着替えてしまうと、ずいぶんすっきりした。携帯電話を手に再び家を出る時には、ひとまず確かめることに決めている。確か、今日午前中は事務所に出てくると言っていたはずだ。

仕事用携帯は持ち出していないが、事務所の電話番号は覚えている。数コールのあとで繋《つな》がった留守電に名乗ると、すぐさま信川は通話に出てくれた。

「仕事中にすみません。ちょっと近くまで来たんですが、寄っていっても構いませんか」

即答で了承されて、少しばかり良心が咎めた。せめてもの気持ちと、差し入れに信川が好んで飲む缶コーヒーを買っておく。そのあとで、おもむろに画面に長谷の名前を表示した。

軽く気合いを入れ、通話ボタンを押す。言い逃げするつもりで身構えていたのに、通話は留守録に繋がった。まだ寝ているか、電話中なのかもしれない。

これはこれで気楽だと思い直し、簡単に用件を吹き込んだ。

「おまえがどう思ってるかは別として、おれはおまえが好きだし別れたいとは思ってねえから。これから事務所で信川さんに会ってくるけど、終わったらすぐそっち行くから待ってろよ。まあ、逃げても待ち伏せするけどさ」

一息に言ったら、驚くほど気分がすっとした。これでまだ誤解するようなら実力行使しようと思い、具体的な内容について考えているうちに事務所が入ったマンションが見えてくる。

このマンションに入っている事務所は「はる」だけだと聞いている。平日の午前中だからか、エントランスからエレベーターを経て外廊下に出るまで誰にも会わなかった。

事務所のインターホンを押してすぐに、スピーカーから「どうぞ」と声がかかる。在室中に鍵をかけないのは休日出勤中も同じらしく、少々不用心ではないかと思った。

「いらっしゃい。わざわざ来てくれたのは嬉しいけど、何かあったのかな？」

手にしていた書類を重ねてまとめながら、信川が言う。斜めに振り返る格好の彼に苦笑して、一基は斜向《はすむ》かいに回り込んだ。缶コーヒーをテーブルに置き、「差し入れです」と告げる。

「ありがとう。うわ、僕が好きなの覚えててくれたのか。お礼に昼食でも一緒にどう？」

「それだと釣り合いませんよ。それに、このあとハルカに会うんです。ここに来たのは、ちょっと信川さんに訊きたいことがあったからなので。仕事の邪魔をするようで申し訳ありませんが、少しだけいいでしょうか」

「構わないけど……それは長谷くんと仲直りしたってことかな？」

不思議そうに首を傾げる様子からすると、状況は把握されていたようだ。見た目に合わない抜け目のなさに、改めて感心した。

「そんなところですね。個人的な内容なので言いたくないものを無理に訊き出すつもりはないんですが、――信川さんとハルカが別れた理由って何だったんですか？」

黙るかむっとするか、下手をしたら怒り出すか。場合によっては即謝罪するつもりで身構えた一基を見て、信川は意外そうに目を丸くした。

「……そんなことが気になるのか。長谷くんにはもう訊いてみた？」

「あいにく、知りたくなったきっかけがハルカではなく信川さんだったので」

「僕？　何か言ったかな」

「この間、おれが最初の恋だと言ってましたよね」

怪訝そうに首を傾げるのへ、あえて軽く言ってみた。ああ、と思い出したように頷いて、信川は肯定する。

「でも、信川さんは過去にハルカと恋人としてつきあってたわけですよね？　それって矛盾してませんか」

「矛盾、ねえ……そう言われたらそうかもしれないけど。友部さんは、どうしてそれを訊きたいと思った？」

「理由はいろいろあるんですが、正直に答えると相当ガラ悪くなるので割愛させていただこうかと」

半分以上本気で言ったのに、信川は「それは狡《ずる》いな」と苦笑した。

「交換条件。正直に言ってくれたらこっちも答えるけど、どうする？」

「あー……けどおれ、プライベートだと本当に口悪いですよ？」

「構わない。むしろ聞きたいかな。……うん、今は完全にプライベートってことにしようか。仕事とは切り離して、無礼講で」

面白がるような顔で言われて、少々思案する。まだ残り三か月を一緒に動く以上、致命的なことはしたくない。

とはいえ、相手は信川だ。この場で腹を立てたとしても、仕事で態度を変えるような真似はしない気がする。あるいはこれで一蓮を見限って態度を豹変《ひょうへん》させたとしても、それはそれで構わないと肚《はら》を決めた。

「……じゃあ、失礼して。もう終わったことですし、そもそもおれは部外者であって、いい大人同士の個人的問題に首を突っ込むようなことは趣味に合わないんです。なので今朝まではいっさい関わらないつもりでいたんですが、信川さん……おれが初恋ってことは、長谷に対して恋愛感情はなかったんですよね。なのにどうして、学校出て就職したての、年下の長谷を誑《たぶら》かしたんです？　興味があるんで、教えてもらえませんか」

一応にしかならないが、言葉遣いだけは変えずに内容はそのまま口にする。笑みを作ってじっと見つめていると、信川は呆気に取られた顔になった。

「誑かした、つもりはなかったんだけどね……」

「でも、客観的にはそういうことですよね？　まあ、おれの見方にはそれなりに私情が入ってると思いますけど」

言いながら、因果応報という四文字熟語が脳裏に浮かぶ。

以前の長谷が恋愛感情抜きで、来るもの拒まず去る者追わずなつきあいをしていたのは事実だ。なので、今の長谷に対してはある意味自業自得だと思わないではない。

けれど、信川と出会った頃の長谷は好きな相手に告白し、玉砕して落ち込んでいたという。まだ純粋さがあったはずの若者に対してその仕打ちは、いくら何でも酷《ひど》すぎないか。

「それなりに私情、ね。詳しく訊いてもいいのか？」

「当時の信川さんのハルカへの扱いに、とんでもなく腹が立ってるだけです。いろいろ面倒くさいヤツですけど、そこも可愛いと思うくらいには惚《ほ》れてますんで」

言い切った一基を見つめて、信川はわずかに目を瞠った。

「なるほどね。……ああ、でもちょっとだけ訂正させてもらっていいかな。恋愛感情はなくても、つきあってみようと思うくらいの好意はあったんだよ。長谷くんなら好きになれると思ったし、好きになろうと僕なりに努力もしたし、彼に嘘をついたわけでもない」

「は？　何ですか、それ」

「好きになれるかもしれないとは言ったけど、一度も好きだとは言ってない。それでもつきあいたいと言ってきたのは長谷くんの方だ」

いったん言葉を切った信川は、困った顔で首を傾げた。予想外の方角に転がった話にぽかんとした一基を、じっと見つめて続ける。

「半年以上頑張って、それでも恋愛にならなかった。だったら無理に一緒にいたところで、お互いにとってよくないだろう？　だから、長谷くんにそう話して終わりにしたんだ」

切々と訴える信川は、どうやら本気で真面目なようだ。頭ではそう思ったものの、うまく飲み込めなかった。

「その、だったら本気で好きになってからつきあえばいいんじゃないですか？　といいますか、それが信川さんのやり方だったらおれにはまず無理ですね。やっぱり断ります」

「友部さんには本気だって言ったはずだよ？」

苦笑混じりに即答されて、何とも微妙な気分になった。

「……前から訊きたかったんですけど、それってどういう根拠で言ってます？」

「友部さんを見てると知らなかった感情が出てくるから、かな。他人を見て可愛いと思ったのも、傍に置きたいと思ったのも初めてなんだ。いつの間にか友部さんばかり見てるし、傍にいてもいなくても気になって仕方がない。そういうのを恋愛感情って言うんだろう？」

いったいどこまで本気なんだこの人、何か間違っていないか。思ったものの、辛うじて口には出さなかった。わざとだったらあざといではすまないし、正気で言っているのなら――少なくともこの件に関しての相互理解はまず無理だ。

開けっ放しのドアの向こう、曲がった廊下の先に目をやって、一基は再度主張する。

「どちらにしても、おれの方が無理です。といいますか、そもそもハルカと別れる気はありませんので」

「結構頑固だよね。そんなに長谷くんがいいのか。……うん、だったらやっぱり待とうかな。十分可能性はありそうだ」

「はあ？」

どうしてそうなる、という心境のまま声をあげた一基に、信川はにっこりときれいな笑みを向けてきた。

「僕と長谷くん、似てるからね。気長に待つから、いつでも言ってきてくれていいよ」

「……全然、似てないと思いますが」

ぽかんとして数秒後、一基は早口にそう主張する。けれど、信川はにこやかなままだ。

「そうでもないよ。長谷くんも来るもの拒まず去る者追わずだったみたいだし？」

「は」

何で知っている、という言葉を寸前でかみ殺して、一基は瞬く。

長谷が節操なしなつきあい方をしていたのは二年余りも前のことだ。最近になってわざわざ調べたのか、それとも信川なりに長谷を気にかけていたということだろうか？

だったら、信川が当初長谷の異動を希望したのは先々のプラスを得られるようにという考えがあってのことになる——。

ちらりと考えるなり胸の中がもやついたので、ひとまず棚上げすることにした。その前に、と、一基は訂正しておく。

「全然、違いますよ。行動が似てても中身が別物です」

恋愛感情を認識しない者と、好きになった相手に好かれたことがない者。前者はおそらく計算であり、後者はある意味自棄《やけ》になっての行動だ。それで括られては長谷が気の毒すぎる。しみじみつくづくと言ってやったのに、信川は納得できないらしい。首を傾げる様子を眺めながら、一基は内心でため息をつく。

正直言って、気が抜けた。

客観的に言えば、信川は極上の部類の人間だ。端整でしなやかな見目はきれいと言っていいのに女性的な気配は欠片もなく、落ち着いた穏やかな雰囲気を作っている。仕事ができるのはここしばらく一緒に動いた一基には明白だし、付け加えるなら上司としても上物だろう。

部下に割り振る仕事の案配が絶妙な上、さりげなくこちらの進捗《しんちょく》状況から体調から精神状態までそれなりに把握している。

そういう人物が、恋愛関係だけに壊滅的な感情音痴。そんなこと、あっていいのか。こんな人相手に恋愛まがいの関係を作ったりしたら、調子が狂ってどうしようもならなくなるに決まっている。

いったいどうやってこの人と「つきあって」いたのか。機会があればゆっくりと、長谷に訊いてみたいものだ。

「ところで友部さんに確認なんだけど、きみは僕と仕事をするのは厭かな」

頬杖をついてじっとこちらを見ていた信川は、ふと思いついたように言う。それへ、一基は苦笑を返した。

「……厭、ではないですね。むしろ効率的でやりやすいです」

「光栄だな。だったら新店舗の方、前向きに考えてくれないか？　もちろん、きみから申し出があるまで恋人の件は棚上げしておくってことで。正直、今度の新店舗はこれまでとは立地や条件がずいぶん違うから、できるだけ万全な体制で開店したいんだ」

平淡に言う信川は、すでに仕事中の上司そのものだ。変わらない態度に内心ほっとして、一基は短く言う。

「希望はしません。ですが、辞令が出ればやれるだけはやらせていただきますよ」

「そう言ってくれると助かるな。てっきり拒否されるかと思った。……長谷くんとは、少々離れても平気ってことか？」

「いえ。その気になれば電車でも通勤圏内ですし、車ならもっと時間短縮できますから」

にこやかに即答した一基に、信川が怪訝そうにする。それへ、あっさりと続けた。

「期間次第で一号店との中間点あたりに引っ越してもいいですし。以前から同居希望されてましたから、まあいい機会になるかと」

「……中間点」

頭を傾けて呟《つぶや》いた信川に、「じゃあこれで失礼します」と頭を下げる。

「長々と仕事の邪魔をしてすみませんでした。個人的なことに踏み込んだことと、暴言を吐いたこともお詫びします」

「詫びはいらないよ。僕から聞かせろって言ったんだし、そもそも僕が先に友部さんの事情に首を突っ込んだんだ。そんなつもりはなかったんだけど、ひっかき回すことになって申し訳なかった。長谷くんにも謝っておいてくれるかな」

「了解です。……あまり無理しないでくださいね。まだ先は長いんですから」

「はいはい。いつもありがとう」

苦笑した信川が書類に目を戻すのを確かめて、一基は玄関先へと向かった。九十度曲がった廊下の先で予想通りの顔をふたつ見つけて、無言でドアを示してやる。

先に動いたのは神野の方だ。音を立てないよう靴を引っかけ、玄関ドアを押し開ける。そうなっても突っ立ってじっと見つめてくる長谷に、先に出るよう無言で促した。

「僕としては、一基を新店舗にやるつもりはないんだけどねえ」

取り皿代わりの小鉢の中身を手にしたレンゲでつっつきながら、神野はいかにも不本意そうに唇を尖らせた。

「やるもやらないも、もうこっちの意向は伝えてあるからな。あとは社長次第だろ」

「社長次第ね。じいさんが行けって言ったら一基は行くのか」

「それが仕事ってもんだろ」

即答して、一基は小鉢の中で最後まで残っていた豆腐を口に入れる。からになったそれをテーブルに置く前に、横合いから見慣れた手のひらが差し出された。男三人でカセットコンロを囲んでからずっと、菜箸を手にせっせと鍋奉行に励んでいた長谷だ。

「ん、ありがと。けどハルカ、おまえも食べろよ。でないとなくなるぞ」

「……平気ですよ。結構食べてますし」

苦笑する長谷は、先ほどから極端に口数が減ったままだ。おかげで会話の八割は一基と神野の言い合いに終始している。

あのあと、一基と長谷はまとめて事務所隣の神野の部屋に押し込まれたのだ。さらに神野は、妙に無口になっていた長谷に対して当然のように言い渡した。

(昼は鍋ね。ハルカ、冷蔵庫の中身使っていいから支度よろしく)

(……神さん、今が何月だと——)

(シメに雑炊《ぞうすい》食べたいんだよ。ほら早く、腹減ってんだからさ)

神野が店長だからか、それともシェフ同士の上下関係ゆえなのか。微妙な顔をした長谷が用意した鍋を、三人がかりでつっついている。

「辞令が出たら行くはいいけど、信川さんて結構面倒じゃないか?」

「いや、そうでもない。つーか、多少面倒でも仕事ん時まともならおれには関係ねえし」

中身を盛った小鉢が、長谷を介して戻ってくる。受け取って礼を言うと、長谷の表情が目に見えて緩むのがわかった。ほんの十日余り見なかっただけのその様子に、自分でも驚くほど安心した。

口数が少ないとはいえ、長谷は以前と同じように表情を見せてくれているのだ。一基が嫌いな八方美人の気配はどこにもない。それが、ここまで嬉しいとは思ってもみなかった。

「関係ないって、それですむとは思えないんだけど?」

「それですませる。つーか、仕事以外で関わる気はさらっさらねえよ」

「いいのか、それで」

「大丈夫だろ。レンアイ云々は本人自ら棚上げしてくれたしな」

そうすれば一基が異動を考えるかもしれないと踏んでのことだろうが、実際に恋愛抜きならやってみたい仕事ではあるのだ。異動なしになった結果恋愛アリだと言われたとしても、信川とは勤務地そのものが違う。おまけにタイミング的に個人携帯のナンバーを教える必要はなかったし、今後教えるつもりもない。

「ま、問題が出てきたら早めに言いな。あと、部屋探しと引っ越しは手伝ってやるから」

「おう、そん時はよろしくな。できれば2LDK、プライバシーも確保したいんで個室は振り分けで頼む。車通勤も考えるんで、近くの駐車場も視野に入れてくれ。――そんでハルカ、おまえの部屋って更新いつだっけ？」

前触れもなく唐突に振ってみたら、長谷は菜箸を握ったまま目を丸くした。ややあって、「今年の秋だったと思いますが」と返ってくる。

「おれと同じか。んじゃ、お互い妥協ナシでいい部屋探そうな？　頑張ったけど見つからなかった場合、暫定で同居ってのもアリだよなあ？」

「アリだろうねえ。ただ、異動がない場合は微妙だろうけど」

「んー、そうするとどっちみち社長待ちだな」

言い合う一基と神野を見て、長谷がじわりと笑う。それへ、一基はにっと笑い返してやった。

10

神野のマンションを出てすぐに「長谷の部屋に行きたい」と告げると、年下の恋人はきれいな顔にどこか戸惑ったような、それでいて嬉しそうな表情になった。

「あ、でもうち今、何もないんで……だったら買い物していきましょうか。夕飯、一基さんが好きなもの作りますよ」

「んー、それもいいけど買い物より話が先だな。その方がすっきりするだろ」

喧嘩が終わったとはいえ、お互いの疑問は残っているはずだ。下手に時間を置くとかえって言えなくなるかもしれない。信川のように仕事以外で関わる予定もその気もない相手ならともかく、長谷に対してはそういう事態は避けたい。

言下の言い分を察したのか、長谷はあっさり同意した。その時、耳慣れた電子音が鳴る。

長谷の携帯電話だ。取り出した端末を眺めるなり、隣の横顔が眉根を寄せる。珍しい反応につい見つめていると、ばつの悪そうな顔を向けられた。

「いいよ。出な」

一基が水を向けると、長谷はとても厭そうに画面を操作した。耳に当て、ぼそりと言う。

「どっちだ。……ああ穂の方か」

意外な名前を聞いて、思わず顔を上げていた。取り出して眺めた携帯電話の時刻は十三時を回ったところで、シンや穂にとっては真夜中に当たる頃だ。

輪をかけて気になるのは、通話の相手——穂に対して長谷の腰が妙に引けているところだ。一基の弟分はたとえてしまえば小動物系で、無遠慮に強く出られると引いてしまうようなところがある。そのせいか、長谷の前では少々引き気味なのが常なのだ。

「あー……わかった、俺が悪かった。ちゃんとするから」

その穂に、長谷が謝っているのだ。いったい何があったのかと、つい興味津々に傍らの恋人を見上げてしまった。

「午前中に、穂から電話があったんです。……その、シンの携帯からかかってきたんですけど、相手は穂の方で。電話に出るなり、いったい何をやらかしたんだって叱られました」

「……穂、が？」

通話を切った長谷がぼそぼそと言う。まさかと思いつつ問い返すとあっさり肯定された。

「すごい剣幕でしたよ。昨夜迎えに行かなかったのを叱られて、はっきりフラレてもないのに諦めていいのかって、そこまで馬鹿だとは思わなかったって言われました」

「いや待てそれ穂の話、だよな？」

あまりにものギャップに思わず制止したら、微妙な顔で頷かれた。

「そこでシンが止めてくれたんですけど、まったくの同意見だと言われました。その通話を切ったあとで一基さんの着信に気づいて、急いで事務所に」

そうやって事務所に駆けつけたところで、隣室のドアから神野が顔を出したのだそうだ。

「あれ？　そういや、おまえはともかく何で神まで立ち聞きしてたんだ」

「俺が、一基さんが中にいるって言ったからですね。神さんは、異動の件じゃないのかって気にしてました。一基さんの方から何も言ってこないんで、かえって何も言えなかったとか」

「はる」では異動の打診に関して、周囲は——特に各店舗トップになる店長やフロア責任者クラスは原則として静観し、「本人から相談がない限り口出ししない」という不文律があるのだそうだ。

初めて聞いた話に目を丸くしたあとで、一基はふと思い出す。立ち止まったままの長谷の背中を押し、並んで歩きながら言う。

「なあ。おまえ、信川さんのどこがよかったんだ？」

「……は？」

「昔のこととはいえ好きだったんだろ？　けどあの人、恋愛感情どっか壊れてるよな。気がつかなかったのか？」

まじと見上げる視線で、問いが好奇心によるものと悟ったらしい。一基を見下ろす顔は露骨に苦く、目線には諦めが混じっていた。

「気がつきませんでしたよ。といいますか、さっき一基さんと話してるのを聞いて初めて、そういうことだったんだとわかったくらいです。今も昔も、俺の前ではあんなふうに素直に話してくれたことがないので」

「――素直？」

「素直なんです。俺も今回顔を合わせて気がついたんですけど、こっちを振った時もあの人、落ち着いてて穏やかだったんですよ。ああいう、恋愛感情がどうとかって話も全然なかったんです」

言いながら、長谷はとても厭な顔をした。長いため息をついて言う。

「学校卒業して『はる』に入って二号店に配属された時、俺はちょうど失恋したてで落ち込んでたんです。それを気にかけてくれてたのがあの人で、同じ厨房だったんでいろいろ教えてもらってました」

社会人になったばかりの長谷にとって、信川はずいぶん大人に見えたのだそうだ。何より当時から信川の仕事上の評価は高く、指導も丁寧でわかりやすかった。

「最初は憧れてただけだったんですけど、その……いつの間にか」

「まあ、無理もないよなあ。恋愛事以外だと落ち着いたできる大人だし」

「好意はあるって聞いて、期待したんです。何かと気を配ってくれるしこっちを喜ばせるのがうまいし、拒否されることも滅多になかったから」

さもありなん、とつい頷いてしまう。加えてあの見た目とくれば、社会人一年生がぐらついても無理はない。……一基にしても、就職したての頃に参加した同僚主催の合コンで高嶺《たかね》の花相手に危うく傾きかけたという、思い出したくもない記憶があったりするのだ。

「そういう人が相手だと、真っ向勝負しても絶対に敵わないと思ったんです。客観的に見ても俺より信川さんの方が上だっていう思い込み……劣等感みたいなものがあって。俺、未だに神さんや一基さんからガキ扱いされてますし」

だから、信川の事務所入りをしたその日のうちに呼び出して牽制したのだそうだ。

「それはそれで極端すぎねえか？　おれも信川さんも男だし、第一おれみたいのにああいう人がさ」

「現状でそれ言いますか。間男はないにしても、順番待ちされてるじゃないですか」

呆れ声で言われて連想したのは、フロアの端で席が空くのを待つ客だ。ちなみに長谷の場合に順番待ちで連想すると、きちんと整列して待つ女の子になる。

「どうしても奪《と》られたくなかったんです。あと、人のものだと知っていればまず手を出さない人だと知っていたので」

「何つーか、その、な。言いたくなきゃ無理に言わなくていいんだが、いったいどういう別れ方をしたんだ？」

おそるおそる突っ込んでみたら、長谷は疲れた顔で一基を見た。ふいと空を見上げるようにして言う。

「半年以上つきあって、同居しないまでも半同棲っぽくはなってたんです。確か、直前まで狭いソファでくっついて笑ってたんじゃなかったかな。そこで、いきなり言われたんです。——やっぱり違うからもう終わりにしようって」

わけがわからずぽかんとしていたら、あの穏やかな笑みで「結局恋愛にならなかったね。残念だけど、もう帰ってくれるかな？」と告げられたのだそうだ。

呆気に取られたまま、追い出されるように自宅に戻った。翌日出勤して顔を合わせた時の信川はすっかりいつも通りで、だったらふざけていたのかと思ったのだそうだ。文句を言うつもりで彼の部屋に出向いたらすでに合い鍵は使えなくなっていて、インターホンで呼んでみても「もう終わりにするって言ったよね？」と言われるばかりだった。

「うっわ……そりゃまた」

トラウマにもなるだろうと思ったが、あえて口には出さなかった。頭を撫でてやりたかったけれど、真っ昼間の屋外では論外だ。仕方がないので、長谷の部屋についたら心おきなく撫で回してやろうと決めた。

——もっとも、だから来る者拒まず去る者追わずの八方美人になっていいという理屈は成り立たないのだが。長谷の場合、それ以前の「好きな人に好かれたことがない」も大きく影響したのだろうけれども。

ちなみに最初に牽制した日、つまり一基が信川の下についたその日のうちに、長谷は新店舗への異動を持ちかけられたのだそうだ。速攻で断ったら、信川は一基が理由かと訊いてきたという。

「俺が異動しようが引っ越そうが決めるのは俺本人で、自分には関係ないって一基さんが言ってたって聞かされたんです。その時はショックもありましたけど、一基さんらしいと思ったんですよ。いつも自分で決めろって言う人だから」

それでも、気持ちのどこかに引っかかりが残っていたらしい。信川が頻繁に一号店を見に来るようになったのを鬱陶《うっとう》しく思うようになり、それが一基がフロアにいる時に限りだと気がついた。一基に対する言動の距離がどんどん近くなっていくのが、長谷の目には通常の信川にはあり得ない積極性と映った。

そうなるともう、どうしようもなくなった。知らない間に近しい間柄になっているんじゃないのか、一基の気持ちが移ってしまわないかと、疑心暗鬼になっていた――。

訥々《とつとつ》と続く声を聞いているうちに、二週間以上ぶりの長谷のアパートに着いた。ドアを開けて中に入るなり肘を引かれ、ぎゅっと手を握られて、伝わってくる体温にひどく安堵した。

背中でドアが閉じる音がする。いつかのように抱き込まれるのではなく、片手を取られもう一方の指で頬を撫でられた。やけに懐かしい気持ちでじっと見上げていると、長谷はふいに居住まいを正す。

「……あの時は、ひどい言い方をしてすみませんでした。全面的に俺が悪かったです」

「いや、けどそれはさ」

真正面からの謝罪に、反射的に首を横に振っていた。

先ほどからの話を聞いた限り、そうなるだけの理由が長谷にはあったと思えたからだ。

「約束を破った一基さんはあの人を庇うばかりで、そのくせ俺の異動の話をしても突き放してくる。違うのはわかってるのにそうとしか思えなくなっていて、自分のみっともなさが身に染みて、その場にいられなくなって逃げました」

車を降りたところで信川から、「子どもみたいに拗ねてるのはよくない」、「そういうところは変えた方がいい」と言われたのだそうだ。そのあとで、一基に新店舗への異動を持ちかけていると聞かされた。

「驚いたら、車の中で聞かなかったのかって逆に意外そうに言われました。……だったら自分が貰っても構わないんじゃないかって言われて、すごい疎外感があって——やっぱり俺だとあの人には敵わないんだって」

「うんわかった、そこまでにしとけ？」

声をかけたのとほぼ同時に、目の前で俯きかけている長谷の、左右の頬を手のひらで摑んだ。無造作に顔を上げさせ、ついでに軽くその頬を抓《つね》ってやる。

「そのへんはまあ、お互いさまだな。おれにだって問題はあったんだ。おまえがいつもと違うとわかってて追及しなかったし、何より言葉が足りなすぎた。実際んとこ、シンにも呆れられたしな」

「シンにも、……？」

じ、と見つめてくる長谷は真顔だ。笑うときれいな顔はそうなると端整という言葉そのものになって、どことなく近寄りがたく感じてしまう。なので、あえて左右の頬を摘《つま》んで台無しにさせてもらった。

「信川さんはあくまで上司であって、それ以上も以下もない。あと、おれは信川さんを庇ったんじゃなくて新店舗店長って上の人を立てただけだ。おれが気にしてたのは――心配してたのは、あの人の前でのハルカの立場の方でな。無理に近づかなくていいから、最低限の礼儀だけは守っとけ」

「……はい」

「あと、おれの異動の件な。さっきちらっと聞いたかもだが、辞令が出たら仕方がないから行く。が、意向としては早々に断ってあるんだ。状況次第でどっちに転ぶか見えないんで、当面は様子見のつもりだった。――つーか、おまえと喧嘩した時はおれの方がおまけで、信川さんが新店舗に呼びたいのはおまえだと思ってたんだよ」

え、と長谷が目を見開く。何で、と短く問われて、一基はむっつりと言い返した。

「事務所初日におまえの新店舗への異動の話が出た時、あの人、おまえのこと褒めまくってたんだよ。試食会で毎回採用になってることも――」

言いかけて、ふっと言葉が止まる。今のと似たような感覚が、つい先ほど信川の前でもあったのを思い出した。

「一基さん？」

「あー、いや、いい。で、おまえの異動の件な。おれには関係ないって言ったのも、決めるのはおまえ本人だって言ったのも事実だ。だってほら、おまえがどうしたいかはっきりさせるのが先だろ？」

一基に対して変に過保護な長谷は、遊びに行く場所ややることを決めるのに当然のように一基の意向を最優先にする。

けれど、仕事でまで「そう」なのは違うと思うのだ。長谷本人が望んでやっている仕事に、長谷以外の意思を押しつけるのは違うだろう。

「それは、わかりますけど。でも」

「まあ聞け。心配しなくても、おまえの意思がはっきりした時点でおれも言いたいことは言わせてもらう。異動するならその方向で、たとえば一号店と新店舗の中間点で部屋を探すとか、それとは別にアパートの更新切れを理由に引っ越すとか。ここから通うには遠いおまえが移ったアパートに、一時しのぎで置いてもらってなし崩しに同居って手もあるしな」

「それは、……でも一基さん、同居は厭なんじゃあ？」

ぽそりと言った長谷は、どうやら合い鍵を交換した時のあれこれを覚えているらしい。少少ばつの悪い気分で、一基は肩を竦める。

「そっちじゃねえ。社長に言い訳が立たないのが気になったんだよ」

「言い訳、ですか」

「おれとおまえは同僚で、どっちも四捨五入すりゃ三十だ。今は親しくても、二年ちょい前までは犬猿の仲だった。そういう年代で関係の男ふたりが必然性もなくいきなり同居するって、見る人から見りゃ十分不審だろ？　社長は気のいい人だけど、だから何もかも飲み込んでくれるとは限らないしな。――あと、おまえ『はる』が好きだろ。辞めたくないんだろ？」

考えすぎかもしれないと、思いはする。けれど、無理に賭ける必要性を感じないのなら、今のままでいて悪い理由もない。

「ま、それに関しては自分の予防線も兼ねてるからな。また就職活動ってのもぞっとしねえし」

長谷の指に絡めた指先に、ほんの少しだけ力を込める。自由な方の手を伸ばすと、お返しのように長谷の頬を撫でてやった。何を思ってか、黙ってじっと聞いていた長谷がふわりと柔らかく笑う。

「一基さん、……もっと触ってもいい？」

「おまえしょっちゅうそれ言うよなあ。いいから好きにしろって」

苦笑混じりに言ったとたん、頬に当たっていた体温が離れた。絡んでいた指先も外れて、奇妙に寒くなったような気がしてくる。それを見透かしたように、そっと伸びてきた腕に抱き込まれた。

緩やかに閉じていく腕の中で低く名を呼ばれて、「ああ、ハルカだ」と思う。その感覚ですら懐かしく、痛いように愛《いと》おしくて、胸の中から笑えてきた。

こうして傍にいないと寂しく感じるくらいに、一基はこの男のことが好きなのだ。これまで気づかずにいたのはきっと、一基がそう感じる半歩前に長谷の方から来てくれていたからなのだろう。

要するに、甘えていたのだ。ほとんど意識しないくらい、自然に。この、どこか子どもみたいな男と一緒にいてやるつもりで、本当は自分も一緒にいたかった――。

「……いつもいつも、情けないばっかりですみません」

「ん？」

ぽつんと上から落ちてきた声に、一基は顔を上げる。叱られる前の子どものような神妙な顔をした長谷と目が合って、思わず吹き出してしまう。

「別にいいんじゃねえの？　おれも、いろいろ助けてもらってるし」

食事のことや飲んだ時の迎えに、体調までも、自然に気遣ってくれる。それがけして当たり前ではないことを、今の一基はよく知っている。

子どもみたいだと思うのに、裏返すと子どもじゃない。それが長谷なのと同じように、一

基だってふだん大人に見えるくせいざとなったら寂しくなる。そう考えると、案外釣り合っているのかもしれない――。

「……一基さん、目え閉じてくれないと困るんだけど」

「いや、わかるんだけどな。いっぺん、最後まで目え開けたまんまってのをやってみたいと、思っ――」

「そういう実験はまた今度にしませんか。いくらでもつきあいますから」

とても微妙な顔にとんでもなく近くで窘《たしな》められて、少々意地が悪かったかと反省した。代わりに、一基は自分から手を伸ばして長谷の首ごと唇を抱き寄せる。

十二日ぶりのキスは、予想していたよりもずっと唇に甘かった。

11

目が覚めたあとで、寝ていたらしいと気がついた。

見上げた天井はよく知った色だ。自宅アパートのそれとはまったく違うのに、その次に目に馴染んでいる。天井から伝って降りた壁紙は白に近いアイボリーで、縦ストライプの地模様がついていた。そこから視線を左に振った先には掃き出し窓があって、今はカーテンが閉じられている。

「……何で、カーテン？」

ぽそりとこぼれた声が掠れて、喉が少々痛い。よく知った感覚に無意識に身動いでみて、身体のそこかしこに重い軋《きし》みと倦怠感《けんたいかん》があるのを知った。これはもう、いわゆる馴染みのアレだ。

そういえばあのキスから、そのまま先へと突き進んでしまったのだ。思い返して目をやるとワンルームの室内には二人分の衣類が、「ここで何をどうした」とくっきり思い出せる状態で散らばっていた。付け加えれば、一基自らも何度かくっついていったはずだ。

「ってことは真っ昼間、から？　……うわあ」

閉じられたカーテンに、窓枠の影が映っているのだ。つまり、外は燦々《さんさん》と晴れた真っ昼間のはずだった。

いかにここが恋人の部屋であっても、昼間からコレはどうかと思う。自嘲《じちょう》混じりに頷いた一基はそろそろと身を起こし、残念なことにその先を諦めた。どうやら少々どころではなく無理をされた、いやここは連帯責任として無理をした、ようだ。

辛うじてベッドに座った格好で、ふと気づく。傍らに何やら弾力のある長いものが、毛布にくるまって伸びている。怪訝に思いめくってみて、一基は思わず目を瞠った。

「うわ」

長谷が、まだ眠っていたのだ。

どちらかの部屋に泊まることはよくあるけれど、先に起きた長谷が朝食の支度をしているのが常だ。そういう時の一基は相応に疲労しているため、長谷の寝顔を見ることはまずない。

思わずベッドの上に座り直し、上からまじまじと恋人の寝顔を眺めてみる。

寝ていても美人だなと、まず思うのはそれだ。誰かに自慢してみたい気はするが、事情を知らない人にはシチュエーションに突っ込まれたら説明に困る。知っている人には諸々《もろもろ》の理由でまず言えまい。神野あたりなら聞いてくれるだろうが、言い終えた端から盛大に厭な顔をされるのは目に見えている。

「……ハールカ?」

指先でつついた目元のあたりは、どうやら疲れているようだ。離れていた十二日間は、どうやら互いにダメージがあったらしい。ひとり納得しながら、一基はつんつんと今度は頬をつついてみる。

「ヨーウ? ヨウ、って」

せがまれない限り呼ばない名前を、そっと唇に乗せてみる。そうしたあとで、喧嘩直前に信川が長谷を「ヨウ」と呼んだことに予想外にむかついていた自分を思い知った。

そういうキャラクターじゃないだろうとセルフで突っ込んで、その事実を鍵のかかる箱に押し込んでおく。知れば長谷は喜ぶかもしれないが、それを見る前に自ら憤死しそうだ。

「——……一基、さん?……」

「おう。おはよう……じゃねえか、今四時んなったとこだ」

「よじ、ですか。じゃあ、まだ」

寝起きそのものの長谷の声が、途中でぶつんと切れる。ん、と思った直後には長谷のこめかみを撫でていた手首を摑まれて、ばふんとばかりに布団の上に転がされていた。抗議する間もなく抱き込まれ、耳元で「いいからもうちょっとこのままで」と言われる。

「おまえねえ……」

「たまにはいいじゃないですか。一基さん、あんまりこんなふうにごろごろしないでしょう」

ねえ、と上目遣いでねだられて、コンマ数秒で白旗を上げた。これが計算なのか地でやっているのか、判断がつかないだけに始末に負えない。

「あー、そういやひとつ訊いていいか。おまえ、店長になるか独立したいっていうの本気?」

「…………え?」

「信川さんから聞いた。つーか、あの人がおまえを新店舗に誘ったの、それがあったからだと思うぞ」

片頰を枕につけたままで「なあ」と返事を促すと、口を開けたまま固まっていた長谷は「マジですか……」と手のひらで顔を覆った。何となく答えを察しつつも、ついでに付け加えてみる。

「おまえソレ社長にも言ったんだろ? 実は内緒の経由で神も知ってたり」

「……ちょ、よしてくださいよ！　そんな若気の至りをわざわざ」

「ワカゲノイタリ」

微妙に意味が違う気がするが、つまり今はそういう野望を持っていない、ということだろうか。ふんふんと勝手に頷いていると、長谷はげんなりした顔でため息をつく。

「別れたあとで二号店から四号店に移る時に、あの人にそう言ったのは間違いないです。その、あの人はその気になれば独立できるのに興味がないと言ってたので、当てつけというか無駄に張り合って、その勢いで」

「勢いで？　社長にまでぶちあげたわけか」

「社長にはもう撤回してあるんです。一号店に来て神さんや社長と仕事して、どうも俺は店長向きじゃないなと思ったんで。店長になると厨房にこもりっきりってわけにいかなくなったりしますしね」

ぼそぼそと聞かされた内容に、すとんと納得した。

立場は違うが一基も同じだ。たとえばフロア以外でも神野の補佐をやれと言われればそれなりにこなす自信はあるが、自分がトップになって突っ走るのは何か違うと本能的に思ってしまう。

——要するに、一基に「言わなかった」のではなく「そういう意志はなかった」わけだ。

「おれは理解したけど、神にはおまえが言えよ。あいつ、社長から口止めされてるっぽいし。

……って、おれも黙ってろって言われた気が」

「うっわ何ですかそれ。神さんに言いようがないじゃないですか」

「いやどっちみちおれはまだしばらく事務所勤務だし。やっぱり一号店にいるおまえの方がチャンスが」

揃ってベッドの中で毛布にくるまり不毛な言い合いをしている時、もうひとつ気になっていたことを思い出した。

「ついでに確認な。おまえ、北原さんとはどうなってんだ」

「…………はい？」

「親睦会で親しくなって、駅まで送ってってたよな。ここ最近、仲良さそうに見えるんだが？ ついこの前見たんだが、ふたりで帰った……いや、アレは北原さんを送ってってたのか？」

言葉を探しながら指摘すると、長谷はばつの悪そうな顔で黙り込む。

ひょいひょいと逃げる視線をあえて追わず、無言でじいいいっと見つめてやる。一分も経たず、長谷は諦めたように口を開いた。

「北原ね。あいつ、一基さんに一目惚れしたらしいですよ」

「……はあ？ 何だそりゃ。あの子、おれにはおまえのことばっかり訊いてきてたぞ」

親睦会でのことを思い出して言った一基に、長谷は妙に返事を渋った。ややあって、本当に厭そうに言う。

「それは口実というか、とっかかりにしたんですよ。その時、一基さんもあいつから同じこと訊かれたでしょう」

「いや、けど北原さん、友達がどうのって言ってたぞ」

「そりゃ、やっと面識ができたばっかりで即告白はしないでしょうよ。……たまにはする人もいますけど」

長谷の言い分を耳に入れながら、半端な記憶をひっくり返す。確かにそうだったと思い出し、何を言えばいいのかわからなくなった。

「でもこの前、おまえあの子と一緒に帰ってたよな？」

「情報交換してたんです。その、一基さんに関する」

前にどこかで似たような話を聞いた、気がした。ぽかんとする一基をよそに、長谷はもぞもぞと続ける。

「あの喧嘩してから、たまに一基さんが来てもフロアの様子を見られなかったんで、つい。北原なら一基さんのことをよく見てるし、俺からの過去情報も喜んで聞くんで、その」

「おま、……」

「ああ、でも予防線は張っておきましたよ。一基さんには恋人がいる、ってことで。今後はちゃんと自分で主張してくださいよ？　ついでに俺にも恋人はいますんで」

「や、それ恋人じゃなく彼女がいるかって聞かれ……」

「ちなみに北原はひとまず静観するそうです。横恋慕されて厭な思いをしたことがあるから、自分がそうする気はないそうですよ。けど、一応念頭に置いておいてくださいね」

言葉とともに、伸びてきた腕の中に閉じこめられた。素肌同士が当たる感触に震えた背中を撫でられて、一基は「おい」と声を尖らせる。

「あと、夕方になったら『Magnolia』に顔出しに行きましょうか。穂が待ってると思いますし」

「へいへい。つーかおまえ、眠いんだったらおとなしく寝ろよ」

「そうします」

さらりと答えたかと思うと、長谷は抱き枕にしたままの一基の肩口に顔を埋《うず》めてしまった。窮屈さに顔を顰《しか》めたはずが、端から緩んでいくのがわかる。目の前の恋人の髪を指で梳《す》きながら、一基はこの男を可愛いと思ってしまった自分に笑った。

恋情の結末

■

期間限定の仕事が終わったので、時間を気にすることなくとことん飲みたい。

という友部《ともべ》一基《かずき》の希望をバー「Magnolia《マグノリア》」のマスターことシンが聞かされたのは、彼岸《ひがん》を目の前にしたまだ秋も浅い頃だった。

ちなみに連絡してきたのは友部本人ではなく、その恋人でありシンの友人でもある長谷遥《はせよう》だ。つきあいが長いだけに慣れたもので、午前八時過ぎというシンにとっては仕事を終えて一息ついている時間帯に電話をかけてきた。

『悪いんだが、できればつきあってくれないか。一基さん、かなりストレスが溜《た》まってるみたいなんだ』

「こっちは構わないが、日にちはどうする。休日は重ねられるのか？」

即答しながら「ようやくなのか」と思い、つくづく友部が気の毒になった。そういえば四か月の期間限定だと言っていたのを思い出し、直後に「それは憂《う》さ晴らししたくなって当然か」と納得する。

多少の事情を知っている立場としては、協力するに吝《やぶさ》かではない。唯一問題があるとすれば、長谷が口にした「とことん」という台詞《せりふ》だ。何しろ、長谷や友部とシンの側では働く時間帯はもちろん、休日体制も違っている。

『まあ無理だろうな。明後日《あさって》が定休日なんで、明日の夜におまえの店に行くから』

「……うちは通常営業中なんだが？」

『すみを借りて飲んでるから、手が空いた時に話に来てくれたらいい。一基さんが潰《つぶ》れる前提で頼む』

「わざわざ断らなくとも、一基さんを叩《たた》き起こす気も追い出すつもりもないぞ」

傍に長谷がいるのなら、潰れようが眠ろうが構わないのだ。呆れ半分に言ったシンに、通話の向こうの長谷は苦笑混じりに言う。

『一基さん、こないだおまえの店でうっかり寝込けて夜明かししたろ。また迷惑かけたってずっと気にしてんだよ。叩き起こしてくれたらよかったのにってさ』

「こっちの都合で起こさなかったんだって、一基さんに伝えておいてくれ。ついでに、回収係同伴なら好きなだけへべれけになってくれて構わない、とも」

バー「Magnolia」では、どんな客であれ酔い潰れる前にお帰り願うのが不文律だ。朝帰りを複数回体験したのは友部だけだが、それが許されるには某かの理由がある。ひとつには回収係もとい長谷の存在だが、もうひとつについてはいろんな意味合いでイレギュラーすぎるため、あえて口に出すのは差し控えておいた。

『わかった。そのまんま言っとくけど、一基さん本人から何か言われた時は説明よろしく』

了承して、シンは電話を切った。エプロンの腰ポケットに無造作に携帯電話を押し込むと、二人分の食事準備の続きにかかる。夕飯と呼ぶには早すぎる時刻だが、シンと恋人にとっては仕事前の大事な食事だ。

仕上げた味噌汁をよそう段になって、小一時間前に買い物に出た恋人が帰らないのに気がついた。怪訝に思いポケットの中の携帯電話を探ったところで、玄関のドアが開く音がする。どうやら、無事帰ってきたらしい。

「すみません、遅くなりましたっ」

「慌てなくていいからゆっくりおいで」

夕飯を盛りつける手を休めず声をかけると、廊下の方から恋人の素直な声が返ってきた。

……友部絡《がら》みの話なら、早めに話しておくべきか。

思ったあとで、微妙な気分で息を吐く。そんな自分に少しばかり呆れた。

■

長谷から打診された「当日」の昼間は、夏の名残《なごり》のように気温が高くなった。季節柄とはいえ、夜になってからの肌寒さが奇妙に思えるほどだ。

「お疲れさまです。無事終わってよかったですね」

カウンター越しのシンの言葉に、いつもの席で頬杖《ほおづえ》をついていた友部一基は「ん?」と顔を上げた。

友部がここ「Magnolia」に顔を見せるのは、盆前の真夏日以降一か月以上振りだ。四か月間という期間限定で任されていたという「イレギュラーな仕事」に追われていたと聞いたが、なるほどどことなくげっそりしている。

夏になると食が細くなる人だが、それを知るこの人の恋人――長谷が例年せっせと食べさせているせいか、ここまではっきり疲れを見せることは滅多にないのだ。友部本人曰《いわ》く丈夫で長持ちが身上らしいが、実際に多少のことなら平然とやりすごしてしまう図太さを持っている。

その友部が見た目にわかるほど窶《やつ》れているなら、思いつく原因はひとつだ。

「やっぱり一基さんも振り回されましたか」

「あー……いいように使われたのは確かだだな。ある程度不可抗力ではあるんだが」

「いいように使われたんですか。一基さんが?」

あえて口にしない主語は、いずれも「信川《しながわ》」だ。先日までの期間限定で友部の上司だったその人物に、シンは直接会ったことがない。ないがしかし、彼がかつて長谷の恋人であり、別れた当時にあの友人を、あり得ないほど荒れさせてくれたことはよく覚えている。何でも落ち着いた品のある美形で、話し方も物腰もごく穏やかであり、上司としては上等の部類、ということだったのだが。

「仕事ができる分だけ、気づくことが多い人なんだよ。でもって本格的な開店準備となると、どうしても手違いとか段取りの狂いが出るもんだろ？　最後の二週間とか、ウチ帰ったはずなんだけどまともに記憶がなくてなあ」

「それは、また……ですけど、新店舗には専従スタッフがいたんですよね？　だったら一基さんがそこまでしなくてもよかったんじゃないですか」

「そこが微妙でな。新店舗にもフロア責任者ってのがいるんだが、ギリギリまで元の店舗から抜けられないとかでさ。そいつが入ってくるまで代理みたいな形で動いて、入ってきてからは引き継ぎして仕事覚えるまで様子見て、合間に指示受けて動いてって、息つく間もなくてさ」

　通常のスタッフへの教育は早い段階で始めていたものの、店長となる信川の補助に回る人材、つまりフロア責任者がなかなか決まらなかったのだそうだ。ようやく信川が指名した相手が迷わず受けたことでほっとしたのもつかの間、それまでいた店舗の体制が整うまで抜けるわけにはいかなかったという。

「それ、一基さんが引き受けるまで粘るつもりだったとか言いませんか」

「……言いたくねえよ。こっちは最初っから断り倒してたんだ。つーか、あの人男の趣味悪すぎだろ」

ぽそりと言う横顔には、どことなく哀愁《あいしゅう》が漂っている。要するに図星ということで、つくづく気の毒になった。

「ていうか、さ。どうも本音が別のとこにありそうなんだよなあ……」

「別のところ、ですか」

「んー。あの人、実は結構ハルカのこと気にしてるんだよな。おれにちょっかいかけてくるのもハルカ絡みで様子見されてるような気が」

カウンターに肘《ひじ》をついた格好で真面目《まじめ》に言われて、思わず二度見してしまった。どこがどうなったらその思考に行き着くのかと、シンは呆れてしまう。

「……一基さん、告白されたって言ってましたよね。今の話にしても、一基さんが執着されてるようにしか聞こえませんが」

「それは口実ってか、おれと繋《つな》がってりゃハルカの様子がわかるからじゃねえかな、と。あの人、別れたあとにハルカがどういう恋愛してたか、知ってたしさ」

「多少の良心の呵責《かしゃく》はあったってことでしょう。そんなもの、ハルカにとっては余計な世話だと思いますが」

そこで友部が同情してどうする。そんな考えが、言葉だけでなく声音にも露骨に出てしまい、さすがにまずかったと気がついた。声や表情を平静に保って、シンは笑みを作る。

「すみません、俺がどうこう言うことじゃないんですが」

「いや？　おれも同感だ」

前言をあっさり翻《ひるがえ》して、一基はカウンター越しに身を乗り出してきた。「あのな」とかかった声のいつにない低さに応じて、シンは軽く身を屈《かが》める。

「一方的に聞かせといてアレなんだが、今の話はハルカには内密によろしく頼む」

「……はい？」

「全部おれの憶測なんだ。揉《も》めてた頃からちょいちょい引っかかることがあって、どうにも座りが悪かったんだが、そう考えると筋が通っちまう。――けどさ、おれが間に入って取り持つ義理はねえだろ？」

こういう時の友部の物言いは、妙に論理的だ。そこそこ飲んでいる証拠に頬《ほお》がうっすら赤いのに、目の色はしっかりしている。落ち着いた声音で続けた。

「つーか、万一義理があったとしても真っ平だ。相手は本気なのにてめえは恋愛感情なしって、そりゃ誑《たぶら》かしだってえの」

間近で「け」と吐き捨てられた。誰に対するものかが明白なだけに、聞いている方がすっとする。

「だからアレだよ、昔話であったろ？　王様の耳はロバの耳っての。聞かせちまって悪いと思うが、コレでおれは忘れるんでシンも忘れちまえ」

当然のように言う友部の表情は、実に堂々たるものだ。首を竦《すく》め、他人事《ひとごと》のように言う。

「結構面倒くせえもんだよな、恋愛とかって」

「否定はしませんが、好きな相手との面倒はかえって楽しいものですよ。まあ、それは一基さんが一番よく知ってるでしょうけど」

他でもない友部が長谷を称した形容が、「面倒くさいヤツ」なのだ。あえて揚げ足を取ってやると、とたんに友部は顔を顰《しか》めた。もっとも顔から耳から先ほどとは違う意味で赤くなっているあたり、照れ隠しなのは明白だ。

「そりゃあれだ、不可抗力ってーかしょうがねえだろ。いやそうじゃなくてだ、……ってあれ？　もしかしてシン、恋人でもできたのか」

「いますよ。つきあって一年になります」

あえて満面の笑みを返すと、友部は文字通り目を丸くした。

「マジか。おれ会ったことねえよな？　そういやおまえ、店に彼女は呼ばないんだったか」

「それは昔の話ですよ。今は違います」

「じゃあここに出入りしてんのか！　だったら紹介くらいしろよ、水くせえなあ」

顔を顰めて言う友部は、どう見ても本気で気づいていない。恋愛事に鈍い人だとは長谷から聞いているし、ここ二年のつきあいで直接見聞きしてもいるが、それにしても。

「特に、隠しているわけじゃないんですけどね」

「んじゃタイミングか。てーか、一年出くわさないってどういうタイミングだよ」

「さあ？」

にっこり笑顔で返しながら、内心でぽそりと呟《つぶや》く。——とっくの昔に出くわしているし、友部の前で特に態度を変えたつもりはない。どころか、店の外で会った時はあえて見せつけてもいる。単に友部が気づいていないだけだ。

「話は戻りますが、忠告通り俺も忘れることにしますね。ここは共犯ということで」

「共犯って、それでいいのかおまえ」

カウンター越しに顔を突き合わせて言い合っているうち、何となく笑えてきた。なるほど長谷はこの人のこういうところに惹《ひ》かれたんだろうと、改めて思う。

「……近い」

不意に、そんな声がした。ほぼ同時に前屈みになっていた友部がいきなり身を起こす。もとい、背後からの腕にぐいと抱き寄せられて、背中を伸ばす格好にさせられていた。

「シン。一基さんに何した？」

「世間話をしていただけだが？」

「顔突き合わせてか。内緒話していたようにしか見えなかったが？」

むっとした顔の長谷が、ほとんど血相を変えて詰め寄ってくる。背後から抱え込まれた友部が「おい」だの「待て」だの「話を聞け」だのと突っ込んでくるのをきれいに無視して、まっしぐらにシンを見据えてきた。

鬱陶《うっとう》しいと、正直にそう思った。

そもそも長谷は、シンに恋人がいることも半同棲に近い生活をしていることも承知しているはずなのだ。さらに言うなら、件の恋人と友部とは見事なまでにタイプが違っていて、対象外どころかあり得ないという域に近い。

「そんなに気になるなら、直接一基さんに訊《き》いてみたらどうだ?」

「っておい、シン。そこでそう来るかよ」

間髪を容れず突っ込んできた一基を見返して、シンはあえてにこやかに笑ってみせる。

「すみません。あまりにハルカが鬱陶しかったので」

「あー……うん、おれが悪かった。反省する」

「何ですかそれ、どうして一基さんが反省とか」

「そりゃ仕掛けたのがおれだからだろ」

不機嫌顔で問い返した長谷に、友部が即答する。その瞬間、長谷の顔が悲痛に歪《ゆが》むのが、シンの位置からははっきり見えた。

「……一基さん、それ、どういう……内緒話って、シンとって、何で」

「ちょっとした秘密くらい誰にでもあるよな。おまえも、おれに言ってなかったことがいろいろあったわけだし」

「で、でもあの」

わたわたと狼狽《うろた》える長谷の図は、珍しくも面白い。気の毒半分、胸がすく思い半分で一瞥《いちべつ》してから、シンはその場を離脱した。――せいぜい友部に遊ばれればいいのだ。

さりげないフリで長谷たちに背を向け定位置に戻ろうとして、カウンター内の少し離れた場所にここ「Magnolia」ではシン以外で唯一のスタッフである牧田《まきた》穂《みのり》がいたのに気がついた。何やら途方に暮れた顔で、じっとシンを見つめている。

「穂、……」

どうした、と言いかけて思い当たる。先ほどの光景を長谷が誤解した、もとい気にしたのなら、穂が平気なはずがない。

さてどう説明するかとシンが首を捻《ひね》った時、穂はふんわりとした笑みを浮かべた。

「マスター、今日はこっちに立ちます？　だったらオレ、向こう側にいますけど」

「……いや、いつも通りでいい。さっきたまたま客に呼ばれてこっちに来てただけだしな」

友部と長谷が指定席にしているカウンターのこちら側は、穂の定位置なのだ。

開店直後にやってきた大学生グループが呆《あき》れる勢いで飲んだ結果一部のストックがなくなったため、穂に上の倉庫から取ってくるよう頼んだ。その合間に客に呼ばれ、続けて友部と話し込んだ――という経緯だ。

「そうですか？　じゃあ、場所変わりますね」

「……ああ」

何事もなかったかのような笑顔で言われて、気持ちの一部が盛大に怯《ひる》む。

あの位置にいたなら、長谷と友部とシンの会話は耳に入っていたはずなのだ。

――信用されている、ということだろうか。すとんとそう思いはするものの、何やら微妙に割り切れない。そんな気分で定位置に戻り、ちらりと様子を窺《うかが》ってみると、どうやら長谷は友部にうまく丸め込まれてしまったようだ。その証拠に友部を見る目は少々拗《す》ねていて、一瞬だけシンに向けられた視線はいつになく鋭い。

他人の痴話喧嘩《ちわげんか》に巻き込まれるのは真っ平だ。閉店を待たずにとっとと帰してしまおう
――そこまで考えて、ふと思い出す。

そういえば、今夜は友部が「時間を気にせずとことん」飲むことになっていたのだった、と。

■

酔っ払いにはいろいろ種類があるが、中でも友部はおとなしい部類だ。

笑い上戸で機嫌よく飲んでいたかと思うと、スイッチが切れたように眠ってしまうのだ。本人にも自覚はあるらしく通常はセーブしているが、たまに見極めに失敗することがある。

ちなみにハルカが同席している時は全面的に監督・保護しているのでシンも穂も安心して任せるのが常だ。

そして、長谷はこと友部のこととなると少々どころでなく過保護になる。ちなみにここ最近の穂もその傾向が顕著だ。——とは、把握していたつもりだったのだが。

「さっきから言ってるだろ。ソファと毛布だけ貸してくれたらそれでいい」

「駄目ですよ。一基さん、ずいぶん疲れてるみたいですし、いいからオレのベッド使ってください。オレがソファに寝ればすむことですから」

「Magnolia」閉店後に始まった四人での飲み会は、真っ先に友部の酔いが回ったことでひとまず終息した。

友部と長谷は明日仕事が休みで、帰らねばならない理由はない。折りよく季節はまだ浅い秋だ。エアコンなしでも風邪《かぜ》を引く心配も、熱中症に陥る懸念もない。

シンとしてはそのまま四人で店に泊まるか、動けるようなら穂だけ上の部屋に戻すつもりでいたのだ。そのために、あらかじめ毛布を人数分、スタッフルームに準備してもいた。

それが大幅に変更になった理由が、この言い合いだ。まずふだんの半分程度しか飲まなかった長谷が、友部を店のソファで寝かせることに難を唱えた。打てば響くように穂が「じゃあ、すぐ上ですからうちに」と言い出して、結局四人でぞろぞろとエレベーターに乗った。

ちなみに友部は長谷の手を借り、夢遊病患者の如《ごと》くどうにかこうにか歩いてきた。

リビングのソファに転がった友部のために長谷が毛布を借りたいと言い出したのへ、穂が「それでは風邪を引く」と返したのだ。そうして、この不毛な言い合いと相成《あいな》った。

「そういうわけにいくか。一基さんがあとあと気にするだろうが」

「気にしなくていいって、オレから言います。いつも助けてもらってるんだし、それでも恩返しには足りないくらいです」

ちなみにシンの意見は、部屋の主の穂がソファで友部がベッドに寝るのは本末転倒だ、というものだ。恋人贔屓《びいき》が大いにあるのは否定しないが、穂と友部では後者の方が心身ともに頑丈に決まっている。

目の前で白熱する言い合いを聞きながら、シンは本日何度めかの微妙な気分を噛《か》みしめる。と、ふいにこちらに顔を向けた穂が、困ったように眉を下げて訴えてきた。

「マスター、何とか言ってくださいよ。一基さん、あんなに疲れてるのにソファに寝させるとか絶対駄目ですよね？」

「駄目を言ってるのはおまえの方だろ。――シン、穂を何とかしろよ。いい加減、甘やかしすぎじゃないのか？」

「……おまえが言うな」

まずはとばかりに、シンはじろりと長谷を見る。不満そうな顰《しか》めっ面《つら》が黙ったのを見届けて、おもむろに年下の恋人に目を向ける。

「一基さんにベッドを貸すのは却下だ。このままソファで寝てもらえばいい」

「でも、マスター」

「一基さんがベッドで寝たら、漏《も》れなくハルカがついてくるぞ」

「えっ」

「――おいシン」

穂はぎょっとしたように長谷を見、長谷は心底厭《いや》そうな顔でシンを睨《にら》んでくる。それへ、淡々と続けて言った。

「冗談じゃない。穂のベッドにハルカを寝させてたまるか」

「……えっ、あのっ」

「シンなあ」

穂が今度は赤くなり、長谷がうんざり顔でため息をつく。がりがりと頭を掻《か》いて言う。

「だから言ったろ。俺と一基さんがソファ借りるから、穂とシンはベッド使えばいいんだよ」

「それも却下だ。この状態の一基さんとおまえをふたりきりにできるか。……言っとくが、ここは穂の部屋だぞ」

言い切ったシンから、長谷が微妙に視線を逸《そ》らす。その様子に、やはりと確信した。

休みすら記憶に残らないほど忙しかったと、友部は言った。それはつまり、長谷とふたりで過ごす時間が削られていたということだ。

長谷ががっつこうが、その結果友部との間で痴話喧嘩が勃発しようが、正直シンにはどうでもいい。ただし、それはあくまで穂やシンを巻き込まない状況に於《お》いての話だ。ここまでの会話を聞いて真っ赤になっている恋人が、明日になっていたたまれない思いをさせられるのは困る。

「おい、じゃあどうしろって」

「ハルカが自分の部屋に帰るか、俺のうちに来るか」

「冗談。この状態の一基さんを置いていけるわけないだろ」

それはそうだろうと、自分で提案しておきながら納得する。シンにしても、この部屋で穂と友部をふたりきりにする気はない。かといって、穂の寝顔を長谷に見せるのも厭だ。

そこまで考えて、ため息をつく。——結局のところ、折衷案はひとつだ。

「ハルカは一基さんを隣のベッドに連れてってくれ。で、穂もベッドを使うといい」

「はああ!?」

長谷の素《す》っ頓狂《とんきょう》な声に、シンは反射的に自分の耳を塞《ふさ》いだ。

■

とても不満そうな顔をしながらも、長谷は最終的に渋々にもシンの提案に同意した。長谷と友部をふたりきりにする気は、シンにはない。長谷に穂のベッドを使わせるつもりもないし、穂の寝姿を見せるとなると論外だ。

友部の寝姿をシンが眺めていてもいいのか、というシンの問いを、長谷は即決で拒否した。結果、穂と友部は寝室で休み、長谷とシンはリビングで取り留めもなく話をしている。

背に腹は代えられない、というやつだ。穂は無条件に友部に懐いているがすでに恋愛感情ではないし、友部は最初から穂を弟分としてしか見ていない。引き替え長谷は二か月であっても穂の恋人だったのだから、そもそもの警戒水準が違う。

「なあ、店で一基さんと内緒話って言ってたの、何だったんだよ」

「……だから、一基さんから訊けよ」

「だったら諦《あきら》めろ」

「訊いても教えてくれないんだよ。あの人が頑固なの、おまえも知ってるだろ」

友部が言った通り、長谷には教える必要のないことだ。そんな意味を込めて言い返すと、長谷は苦い顔で黙った。長いため息のあとでぽそりと言う。

「それならひとつだけ。——信川さん関係、か?」

「さあ、どうだろうな」

涼しい顔で言ってやったら、長谷はむっとしたように鼻に皺《しわ》を寄せた。

「——あの人、間違いなく本気だと思うんだよな。一基さんのこと」

「根拠は?」

「どうでもいいことにはとことん要領がいいのに、どうしても欲しくなると多少みっともなことなら平気でやらかす。——そういうとこ、俺と似てるから」

「……ふうん」

店で、友部から聞いた話を思い出す。自分が店長になる店のフロア責任者を、ぎりぎりまで決めなかったというアレだ。

「一基さんは異動しないと決まったんだろ？　だったら気にしなくていいと思うぞ。あの人、面倒事嫌いだろ」

「……一基さんに言わせると、俺は鬱陶しくて面倒なんだが？」

「それでも相手にしてるのは、おまえだからだろ。似た者同士でいいんじゃないのか」

友部はわかっていないようだが、長谷が「鬱陶しくて面倒なヤツ」になるのは友部が絡む時だけだ。常に「鬱陶しくて面倒」な人間に来る者拒まず去るもの追わずがスムーズにできるはずはないし、短期間で恋人を取っ替え引っ替えして問題を起こさずすむわけがない。

「安心しろ。一基さんには、どうやらおまえしか見えてないぞ」

「——————」

言ってやったら、長谷は嬉《うれ》しそうな困惑したような、ひどく複雑な顔になった。あまり持ち上げると惚気《のろけ》につきあわされそうなので、あえてここで別の話題を振ってみる。

「ところで一基さん、未《いま》だに全然、まったく気づいてないんだが。……ものには限度ってものがあるんじゃないか？」

略した目的語を、けれど長谷は正確に把握したようだ。何とも言えない表情で、ちらりと寝室へ目を向ける。

「一基さんだからな」

「そう言いたくなる気持ちは、わからないではないんだが」

「穂は？　あいつから一基さんに、それらしいことを言ったりとか」

「あそこまで気づかれなかったらかえって無理だろう。本人も、すぐに気づかれると思っていたようだし」

要はタイミングを逃《のが》したわけだ。なまじ元から顔見知りだっただけに——長谷が呆気《あっけ》なく気づいただけに、穂が真っ赤になるほど露骨に匂わせてみても流されただけに、今さらどう説明すればいいのかわからない。

「はっきり言わないとまず無理だろ」

「はっきり言っても無駄な気もするが。一基さんから見ると、穂は俺を尊敬し心酔しているらしいしな」

「あー……」

それでも恋人同士かもしれないと、まったく思いもしないあたりが筋金入りだ。どうやら自身が男の長谷とつきあっているくせに、そちらに思考が及ばないらしい。

「……気づくまで放置でいいか」

「いつになるかまったく読めないけどな」

最終的には何度となく辿《たど》りついたのと同じ結論に行き着いて、シンと長谷は揃《そろ》って首を竦めて笑った。

■

「ごめんな、ベッド占領してさ」

翌日の昼前に起き出した友部は、二日酔いもなく元気いっぱいだった。一宿の恩を返せとばかりにシンの手でキッチンに押し込まれた長谷の方が、ろくに寝ていないため疲労気味だ。

「い、いえ！　オレの方こそ、勝手に布団に入っちゃってすみません。あの、一基さんのこと蹴っとばしたりとか、失礼なことしなかったですか？」

「全然。すげえ気持ちよく寝たぞ。穂ってアレだな、いい睡眠導入剤になるかも」

「だと嬉しいです。えーと、入り用な時はいつでも言ってくださいね」

リビングで寝起きの軽食を前に言葉を交わす友部と穂は、どちらもぴかぴかの満ち足りた笑顔だ。ついでに会話の内容はと言えば、長谷はもちろんシンにとっても聞き捨てならない類《たぐい》のものだったりする。かといって口を挟めるかといえばどうにも微妙で、食事を終えた友部が長谷に連れられて帰っていく段になってもふたりとも何も言い出せなかった。

「紘彦《ひろひこ》さん、大丈夫ですか。少し休んだ方がいいんじゃあ？」

「いい。それよりコーヒー、頼んでいいか？」

「それは、いいんですけど」

ふたりきりになったとたんに眉をハの字にした穂は、シンが寝ていないと気づいたようだ。じいっと見つめられて見返すと、ため息とともにキッチンに入っていった。

カフェインが効かないらしく、シンは濃いコーヒーを飲んだ直後に熟睡できるたちだ。なのでコーヒーそのものは良しとして、早々に寝かしつけられそうだとうっすら思う。

年齢差に加えて生来の性分のせいだろうが、穂はシンに対して強い口調を使ったことがない。代わりに気がかりや心配事があれば、物言いたげな顔でじいっと見上げてくるのだ。

「どうぞ。でも、これ飲んだらすぐに寝てくださいね？」

湯気の立つマグカップをそっと差し出して、穂が言う。心配だと明記したような表情は、ソファに座ったシンが頷《うなず》くとほっとしたような笑みに変わった。その笑顔に、今日ばかりは引っかかってしまう。

穂とつきあうようになって一年で、シンは自分が長谷を笑えないくらいに独占欲が強かったことを知った。同じ場所で同じ仕事をし、月の三分の一も自宅マンションに戻らずこの部屋で半同棲生活をする。手狭を理由にもとから置いてあったセミダブルベッドを廃棄しダブルベッドを運び込んで、穂を腕の中に入れて眠っている。

それがすっかり当たり前になっていたことを、思い知らされた。ほんの一晩、傍にいなかっただけでひどく物足りない気分に陥っている――。

からになったマグカップを置いて、寝室に行こうと腰を上げる。すぐ後ろをついてくる気配にほっとして、ほんの少しだけ意趣返ししてやりたくなった。踏み入れた寝室のベッドに転がりだらりとして見せると、予想通り穂が心配そうに覗き込んでくる。

「紘彦さん？　もしかして、どこか痛い……？」

そっとベッドについた恋人の手首を、不意打ちで握り込む。瞬《しばた》いたタイミングで、荒っぽくなりすぎないよう慎重にベッドの中に引き込んだ。少々はずみをつけて上に落ちてきた恋人の重みと体温に安堵《あんど》し、まん丸い目で見下ろしてくる小さな顔を抱き寄せる。

「ひろ、……――っん……」

唇を食《は》むようなキスを仕掛けると、上になった恋人が可愛い声を上げた。先ほど頭ごと顔を抱き寄せた腕はすでに触れているだけになっていて、けれど穂には逃げようという気配はない。喉の奥で音のような声を立てながら、一生懸命にキスに応えてくる。

「紘彦、さ――オレ、重い、か……」

「重くはないな。俺の腕にちょうどいい」

しれっと言い放ったとたんに、穂の顔に朱の色が散った。体重をかけないようにかシーツに腕を突っ張って首を傾げたかと思うと、シンの頬にそっと指を当ててくる。

「じゃあの、これ以上重くならないようにします、ね」

「気にしなくていい。俺が鍛えればすむことだ。——それより穂は気にならなかった？　俺と一基さんが、話し込んでたの」

笑顔で流されたのが気になって、それでも何でもないフリで訊いてみる。

穂は、何やらばつの悪そうな顔になった。

「ならないと言ったら嘘になります、けど。……どっちかっていうと、一基さんよりハルカさんの方が気になります。紘彦さんと、ツーカーみたいだし」

「……ハルカ？　けどあいつ、一基さんにめろめろだぞ？」

「わかってますけど、でも気になるんです。オレが知らない紘彦さんを知ってるんだなって、思うたんびに何か」

むう、と唇を尖《とが》らせる仕草は、半年ほど前から見せてくれるようになったものだ。滅多に不平不満を言わない穂の、シンからすれば可愛らしいだけの意思表示。

「俺は、ハルカとは別の意味で一基さんが気になるけどな」

「えー。それって、じゃあおあいこですか。どっちもどっち？」

「両方違う……というか、ハルカとも話したんだが、一基さんに説明してみないか？」

付け加えた台詞は、要するにただの嫉妬《しっと》だ。恋愛感情が見えないとはいえ、友部への穂の懐きようはシンからすればどうにも面白くない。

「説明、ですか。……ええと、その、どうやって」

「そこが問題だな」

シン自身には、友部の前で気持ちを隠したり態度を変えたりした覚えはまったくないのだ。穂とつきあう直前にはかなり露骨に友部を牽制《けんせい》したし、恋人同士になってからは友部の前できっちり穂を恋人扱いしている。

人前で手を繋《つな》いだり抱き寄せたりしないのは、穂がとんでもなく恥ずかしがるからだ。真っ赤な顔で声もなく震える様子など、もったいなすぎて他人に見せてやる気にはなれない。

「夏前にここに来た時、穂と俺が朝夕一緒に食事してるのも、俺がここで好き勝手してるのも見てたよな。それで何で気づかないんだ？」

「ええと、……一基さんだから？」

とても納得のいく返事ではあるが、そこで頷いたら話は終わりだ。ため息混じりに、シンはふと思いついて提案する。

「いっそのこと、一基さんやハルカの前で俺を名前で呼んでみるか」

穂がシンを「紘彦」と呼ぶのは、今のようにふたりきりになった時だけだ。生真面目なこの恋人は、けじめをつけたいからと人前では「マスター」呼びを外さない。

「えっ。無理です、そんなの」

「……無理？」

即答されて、さすがに聞き捨てならない気分になった。むっと眉根を寄せたシンの様子に、穂が「あ」と声を上げる。慌てたように、シンのシャツを摑んで言う。

「だってあの、それだといかにも宣言するみたいじゃないですか。それに、紘彦さんてあえて呼び名を使ってるでしょう。それって、本名を隠してるんじゃあ？」

「便宜上な。面倒除けみたいなものだ」

「だったらその、それで通した方がいいと思うんです。オレも、できれば他の人に紘彦さんの本名とか知られたくない、し」

「――知られたくない？」

問い返すシンのトーンの変化に、穂は顔を赤らめる。ぼそぼそと言った。

「だって、その……勝手に呼ぶ人が出てくるかもしれない、じゃないですか。紘彦さん目当ての常連さんとか、多いですし」

そんなの厭です、と続いた声は消え入るように小さくて、なのにはっきりシンの耳に届く。

予想外の反撃を食らって、横になっているのに目眩《めまい》がした。指先で恋人の滑らかな頰を撫でながら、シンはそっと口を開く。

「……俺の名前を、他の奴に呼ばせたくない？」

「すみません。子どもみたいなこと言ってるのはわかってるんです、けど」

「いや、いい。俺も、穂以外から呼ばれたくはないしな」

「えっ、あの、それって――……ん、」

言いかけた穂の頭を抱き寄せて、もう一度呼吸を奪う。素直に応えてくる舌先をやんわり搦《かじ》りながら身体《からだ》の位置を入れ替えると、下になった恋人の腕が遠慮がちに背中に回ってきた。当初は縋るようにシャツを摑んでいた手は、長く続いたキスが終わる頃にはシンの髪をかき回す形に変わっていた。

「ひろひこ、さん……もう、寝なきゃ駄目です、よ？」

「厭だな。穂が嬉しいことを言ってくれたのに、このまま寝るのはもったいない」

「もったいない、って、でも寝ないと。今夜も、仕事――」

吐息が触れる距離で、穂が困った顔をする。この顔に弱いのだと改めて実感しながら、シンは今の今まで触れていた恋人の唇を指で辿って笑う。

「じゃあ、穂が添い寝して？」

「う」

とたんに、穂は顔ごと真っ赤になった。それに構わず恋人の隣に横になり、小柄な背中を抱き寄せてみる。予想通り抵抗はなく、むしろ腹に回した腕をそっと握るようにされた。

些細《ささい》なものとはいえ、ずっと居座っていた気がかりが消えて気が緩んだのか、ふっと眠気がさしてきた。ここは眠った方がよさそうだと、シンは抱き寄せた恋人の肩に顔を埋《うず》める。

とたんに小さく跳ねた背中には、けれど逃げる素振《そぶ》りは欠片《かけら》もない。

「おやすみ」

「お、やすみなさい……？　ていうか紘彦さん、ひど……そういうの、反則……」

ぽそぽそと聞こえてきた呟《つぶや》きの内容は心外なものだったが、声音には甘い響きがある。だったら気にする必要もないと、シンは早々に瞼《まぶた》を落とす。

昨夜は少々悲惨だったが、今度はいい夢を見られそうな気がした。

あとがき

おつきあいくださり、ありがとうございます。椎崎夕です。

ご存じの方にはタイトルで察していただいているかと思いますが、今回は「不器用な策略」「不器用な告白」に続くその後の話になります。

主人公が「竹をすぱーんと割ったような人」なので、書いていてストレスが少ないはず、なのですが、……校正の際、初めて主人公片割れに同情することとなりました。結局は破れ鍋に綴蓋とはいえ、今後大変なのはきっと片割れの方だと確信したところです。


前回に引き続き今回もイメージそのものの挿絵を下さった高星麻子さまに、心からの感謝とお詫びを。前回にも増して多大なご迷惑をおかけしてしまい、本当に申し訳ありません。美しい挿絵をありがとうございました。

同じく、多大なご面倒をおかけしてしまった担当さまにも、感謝とお詫びを申し上げます。本当にありがとうございます。そして、申し訳ありませんでした。

末尾になりますが、この本を手に取ってくださった方々に。

ありがとうございました。少しでも楽しんでいただければ幸いです。

椎崎夕

✦初出　不器用な恋情……………書き下ろし
　　　　恋情の結末…………………書き下ろし

椎崎夕先生、高星麻子先生へのお便り、本作品に関するご意見、ご感想などは
〒151-0051 東京都渋谷区千駄ヶ谷 4-9-7
幻冬舎コミックス　ルチル文庫「不器用な恋情」係まで。

幻冬舎ルチル文庫

不器用な恋情

2015年7月20日　　第1刷発行

✦著者	椎崎 夕　しいざき ゆう
✦発行人	石原正康
✦発行元	株式会社 幻冬舎コミックス 〒151-0051 東京都渋谷区千駄ヶ谷 4-9-7 電話 03(5411)6431 [編集]
✦発売元	株式会社 幻冬舎 〒151-0051 東京都渋谷区千駄ヶ谷 4-9-7 電話 03(5411)6222 [営業] 振替 00120-8-767643
✦印刷・製本所	中央精版印刷株式会社

✦検印廃止

ISBN978-4-344-83491-0　C0193　Printed in Japan